ファン文庫

平安陰陽怪異譚

著　御守いちる

マイナビ出版

目次

一章 紫宸殿のあやかし 005

二章 ふたりの出会い 043

三章 小さき女童 141

四章 嘆く女 175

五章 肝試しの夜 209

一章　紫宸殿のあやかし

冴え渡るような満月が輝く、ある春の夜のことだった。

左近衛少将《さこんえのしょうしょう》の青年は、平安京内裏《だいり》、紫宸殿《ししんでん》の左近の桜の前で、ひとりの男を待っていた。

桜の蕾《つぼみ》は膨らみ、色づいている。あと数日もすれば、見事な桜が咲くだろう。

(今宵《こよい》は接待の宴《うたげ》に参加しなくてはならないが、桜が咲いた後には気心の知れた友人と花を見ながら宴を楽しみたいものだ)

そんなことを考えていると、背後で人の気配がした。

「頭中将《とうのちゅうじょう》様……」

てっきり待ち合わせ相手が来たものと思い、少将は振り返って声をかける。

しかし桜の下に立っていたのは、見知らぬ女性だった。

こんな夜遅くに女性ひとりで立っているなど、何事かといぶかしみながらも、少将は彼女に近づいた。声をかけようとしたところで、少将は思わず息をのむ。

俯《うつむ》きがちな彼女の面《おもて》がまるで精霊のように儚《はかな》く、美しかったからだ。ついついその姿に見惚れてしまった。

「いったいこんなところで何をしているのだ？」

「凜々《りり》しいお方。もっと近くへ来て、私に顔を見せてください」

女はそう言ったかと思うと、ほっそりとした手を少将に向かって伸ばす。

艶《つや》めいた声で呼び寄せられ、まるで甘い花の蜜に引き寄せられる蝶のように、男はついつい彼女へと身を寄せた。

しかし女の顔をよくよく覗き見て、悲鳴をあげる。

楚々《そそ》とした雰囲気だったはずの女の顔が、突然化け物のように変化したからだ。

頭からは金色の獣のような耳が生え、目は金色に輝き、口は裂け、鋭い牙がのぞいている。彼女の背中には、金色の尻尾が揺れていた。

「お前、人間ではないな!?」

男は見張りの武士を呼ぼうとした。

しかし彼が助けを呼ぶ前に、女はけたたましい笑い声をあげながら男に襲いかかった。

女の鋭い爪が、少将の肩に食い込む。

「な、何をする！」

つかみかかられて、少将は女を突き飛ばした。

すると、ぼとりと何かが地面に落ちた。

少将は地面に落ちた物をまじまじと見つめる。

それが自分の右耳だと気づき、空気をつんざくような悲鳴をあげた。

最初はか弱い女に見えていた者が、今はまったく別の不気味な生き物に見える。

少将はすっかりすくみ上がってしまい、逃げることすらできない。

立ちすくんでいる間に女は信じられないほど強い力で少将の腕をひねり上げる。

「ひいい！　誰か、誰か助けてくれ！」

女は笑いながら、少将を自らの足元にある影の中へと引きずり込もうとする。


その時ようやく、少将と待ち合わせをしていた男が現れた。

男は大きな声で叫ぶ。

「おい、そこで何をしている！」

男の姿を見つけた少将は、助けを求めようと必死に腕を伸ばした。


だがあやかしの女は、さっと影の中に消えてしまう。

後には少将の右腕と、鮮血だけが桜の下に残った。

＊　＊　＊

「頼寿《よりひさ》様。念のため確認しますが、あの事件の犯人は、本当にあなたではないのですね？」

宮中《きゅうちゅう》のある部屋で、ふたりの男が話している。

ひとりは左近衛府中将の、藤原《ふじわらの》頼寿だ。

近衛府中将は、宮中の花形職である。

帝の住まう清涼殿《せいりょうでん》の殿上間《てんじょうのま》に昇殿することを許された、殿上人《てんじょうびと》の地位を持っている。

しかも頼寿は摂関家《せっかんけ》、藤原一門の御曹司《おんぞうし》である。頼寿の叔母——つまり頼寿の父親の妹が、先帝の皇后であった。よって今上帝《きんじょうてい》とは、従兄弟《いとこ》同士の関係に当たる。

家柄が申し分ないだけでなく、頼寿は容色にも恵まれていた。

肌は白く、柳眉《りゅうび》にすっとした鼻筋、切れ長の双眸《そうぼう》。その華やかな容貌に見惚れる者は後を絶たない。

身分の高い者だけが着ることを許された黒の袍《ほう》も、垂纓《すいえい》の冠も、頼寿によく似合っていた。

この時代、貴族は何人もの妻や妾《めかけ》を持っている者も珍しくない。

頼寿も当然やんごとない姫君から引く手数多で浮き名を流していたが、不思議と結婚の噂は聞かなかった。

頼寿は檜扇《ひおうぎ》を扇《あお》ぎながら軽やかに微笑《ほほえ》んだ。

「千景《ちかげ》は、私が少将を殺《あや》めた犯人だと思うのかい？」

頼寿の言葉に、彼の向かいに座っていた九条《くじょう》千景は声を荒らげた。

「頼寿様っ！　冗談を言っているのではありません！　真剣に答えてください！」

「真剣だとも。千景は、私が彼を殺めるような人間だと思うのか？」

千景はその言葉に、首を横に振った。

「いえ、頼寿様が誰かを殺めるとは思えませんね。あなたの色香に惑わされた女性に突然刺されるのなら、さもありなんという感じですが」

九条千景は、平安京の大内裏にある陰陽寮に属する陰陽師《おんみょうじ》だ。

陰陽寮は中務省《なかつかさしょう》に属する組織のうちのひとつである。

陰陽寮には長官である陰陽頭、補佐を行う陰陽助《おんようすけ》、事務を担当する陰陽允《おんようじょう》、陰陽大属や少属などの役職があった。

平安時代、陰陽寮はいくつかの役割を担っていた。

方角や暦の吉凶を読む者。

天体観測に基づく占星術を行う者。

時刻を計測し報知する者。

そして京の都には、数多《あまた》の魑魅魍魎《ちみもうりょう》やあやかし、悪鬼が現れ、平和を脅かした。

それらを祓《はら》い、宮中の治安を守るのは陰陽師の役目だった。

千景の役割は、主に悪鬼や魑魅魍魎を祓うことである。

千景は凜《りん》とした雰囲気のある青年だった。

目鼻立ちが整っており、中性的な雰囲気があり、微笑めば愛らしい顔つきをしている。

だが親しい者以外には寡黙で、常に厳しい顔つきをしていたため、宮中の人間からは少し取っつきにくいと思われていた。

千景自身も人間嫌いという程ではないが、人付き合いを煩《わずら》わしいと思う面がある。

そんな彼ととくに親しいのは、意外なことに藤原頼寿であった。

千景は陰陽師の師匠に、幼少期から頼寿のことを守るよう命を受けていた。元服する前からふたりは仲が良く、兄弟のように育った。

内裏では、通常互いを名前で呼び合う風習はない。

たいていは役職で呼ぶので、『頭中将様』や『近衛府中将様』と声をかけたりする。

だが千景と頼寿は幼い頃からのいわば腐れ縁であったので、頼寿は「千景」と呼び、千景も彼を「頼寿様」と下の名前で呼んでいる。

女に刺されるのは想像できるという、千景の率直な感想を聞いた頼寿は、おかしそうに笑った。

「ははは、ひどいな。千景は私を何だと思っているんだ」

千景は咳払いをして、話の流れを戻そうとする。

「まぁ冗談はともかく。もう一度、何が起こったのか最初から説明していただけますか?」

頼寿は真剣な表情で言った。

「ああ、単純明快だ。私は昨晩、左近衛少将殿に紫宸殿の桜の前に呼び出されたのだ」

「彼はどうしてあなたを呼び出したのですか?」

「宴があるので、私も少将も参加する予定だったのだ」

「そういえば確かに昨日は、殿上人の方々が集う宴が開かれる予定だったとか」

「そうだ。結局少将が襲われたことで、宴は中止になったがな」

千景は疑問に思い問いかけた。

「でも少将様は、どうして左近の桜まで頼寿様を呼び出したのですか？　宴で話すのなら、わざわざ呼び出さずともよいでしょうに」

　頼寿は苦笑しながら答える。

「どうやら少将の姉君が、私に興味があるらしくてな。少将はおそらく、私に恋人がいないかどうか探ろうとしたのではないか。酒で酔ってしまう前に、真剣な話がしたかったのかもしれない」

　千景は顔をしかめ、頼寿に問い質《ただ》した。

「その女性と頼寿様が恋仲だったということは」

「ないよ。文のやり取りすらしていない。以前、彼から姉君がいると聞いた時、『琴が上手な美しい女性だという噂を耳にしている』と褒めたことはある。ただの世辞で深い意味はなかったが、その話が伝わって、まんざらでもないと思われたのだろう」

　それを聞いた千景は、指を組んでじとりと頼寿を睨《にら》んだ。

「頼寿様、つい先日は別の女性を口説いてらっしゃいませんでしたか？」

　頼寿は檜扇を口元に当て、悪びれずに言う。

「女性は皆美しく、尊い存在だから。つい、な」

　千景は溜め息をつきながら言った。

「さすが、頼寿様は宮中の光源氏《ひかるげんじ》だ、今業平《いまなりひら》だと言われているだけのことはありますね」

業平とは、歌人の在原《ありわらの》業平のことだ。

和歌の名手で平安時代を代表する歌人のうちの六人、六歌仙《ろっかせん》のひとりだが、彼はかなりの美男子であったことでも知られている。

数多くの女性と浮き名を流し、天皇の后《きさき》を略奪して辺境の地に逃亡したことまである。

それゆえ、浮き名を流す色男のことを、今の時代の業平ということで、「今業平」と言ったりする。

千景の言葉を聞いた頼寿は高らかに笑った。

「私は頭中将だから、どちらかと言うと光源氏の好敵手だろう」

源氏物語に出てくる頭中将も、見目麗《みめうるわ》しい外見で恋多き男だ。光源氏とは長年の親友であり、恋敵でもある。

千景は思いきり眉をひそめた。

「そんなことはどちらでもいいんですよ。千景は頼寿様の軟弱な態度が悲しゅうございます」

いつものように小言を言ったが、頼寿は素知らぬふりをした。都合の悪いことは耳に入らない、便利な作りになっているらしい。

頼寿は切れ長の目を細め、笑みを作った。頼寿が笑うと周囲の空気が一際華やいだように感じる。

「とにかく、そういうわけで左近の桜の前に呼び出されたのだ。だが私が到着した時、彼は……」

「魑魅魍魎に食い荒らされ、命を落とした後だったのですね」

「ああ」

頼寿は血に濡《まみ》れた桜の木を思い出しながら呟《つぶや》いた。

「ひどい有り様だったよ。腕が食いちぎられ、周囲は血で赤く染まっていた。しかもそれを運悪く、通りがかった女人《にょにん》に見られてしまってね。どうやら私が彼を殺したのだと勘違いされているようなのだ」

頼寿は手に持っていた檜扇をはたはたと扇ぐ。

「いやあ、困ったものだな」

千景は厳しい声で言った。

「困ったものだ、ですむ話ではないでしょう！　頼寿様、このままでは死罪になりかねませんよ！」

頼寿は真剣な顔になって頷《うなず》く。

「そう、笑い事ではないんだ。私も頭中将という立場があるし、箝口令《かんこうれい》を敷いたがな。人の口に戸は立てられん。今も密《ひそ》やかに宮中で噂が広まっているだろうな」

「宮中の人間は噂好きですからね」

「やってもいない罪をきせられ、あることないこと言われるのは気持ちのいいものではないからな」

頼寿は目を細め、にやりと微笑んで千景を見る。

「そういうわけで犯人の魑魅魍魎を捕らえ、私の身の潔白を証明してもらいたいのだよ。陰陽師殿」

そう言われた千景はやれやれといった様子で答えた。

「もちろんですとも、頼寿様。私が陰陽師をしているのは、あなたを守るためと言っても過言ではありませんからね」

千景は真剣な表情で言った。

「とにかく、一刻も早く犯人のあやかしを捕らえなければなりませんね。今夜、紫宸殿へ様子を見に行こうかと考えています」

頼寿は檜扇を口元に当て、雅《みやび》やかに首を傾《かし》げる。

「木の下であやかしといえば、たしかそういう怪異があったな。その話で現れたのは、鬼だった気がするが」

「ああ、たしかにそのような話を聞いたことがあります」

千景は『宴《えん》の松原《まつばら》』の怪異を口にする。

平安京大内裏の武徳殿《ぶとくでん》の松林は、宴の松原と呼ばれていた。

月の明るい夜、三人の女たちが宴の松原を通り過ぎようとした。

すると松林から男がひとり出て来て、女たちのひとりを呼び止め、松の木陰に連れて行ってしまった。

残された女たちはすぐに終わるだろうと思いしばらく待っていたが、待てどもなかなか帰って来ない。

不安になり、女たちは彼らが話をしていた場所まで様子を見に行く。だが、女の姿も男の姿も見当たらない。

どこに行ったのだろうかとよくよく探すと、なんと地面に女の手と足がばらばらに散らばっている。きっと鬼が人間に化け、女を喰らったのだろうと人々は恐れたという話だ。

話を聞いた頼寿は嬉しそうに微笑んだ。

「それだ、それだ。まるでその物語をなぞったようではないか？」

「たしかに少し似ていますね。意図したものか、偶然かはわかりませんが。まぁ人が集まる場所には、怨念や憎しみが溜まり、よからぬものを呼び寄せますからね」

頼寿は瞳を輝かせて言った。

「しかも今回現れたあやかしだがな。一瞬だけ面が見えたが、精霊のように美しい女人だったのだ」

頼寿の言葉に、千景は再びじとりと目を細める。

(頼寿様は、相変わらず美しい女性に目がないのだから)

頼寿は今までにも美しいあやかしの噂を聞きつけると自らの目で確認したいと言って、千景を巻き込んだ前例があった。

「あなた、自分が殺人の疑いをかけられているのにずいぶんとのんきですね」

「どうせ犯人を捕らえるのなら、むさ苦しい男より美しい女人の方が嬉しいではないか」

千景は頼寿の方へ身を乗り出すと、真剣な口調で言って聞かせる。

「いいですか頼寿様、女人といっても、人間ではないのです。魑魅魍魎ですよ！　人間の身体《からだ》を引きちぎり、食い荒らすのですよ！」

華やかな平安京の裏の世界では、魑魅魍魎や悪鬼が跋扈《ばっこ》している。

それを駆逐するのが、千景たち陰陽寮に属している陰陽師たちの役割だ。

人間ではない者たちと戦うのは、当然危険と隣り合わせだ。

そもそも頼寿は、普通の人間とは違う。そういうもの、いわゆる悪鬼とか魑魅魍魎に特別好かれやすい体質なのだ。

千景が幼い頃、まだ見習いの陰陽師であった時に頼寿と出会った経緯も、師匠から頼寿のことを守ってほしいと言われたからだった。

だからこそ、なるべく頼寿をあやかしに近づけないようにしなくてはいけない。

「それでも相手が美しい女性だとわかれば、面を見たいと考えるのが人間の性《さが》というものだ。御簾《みす》の中の姫君だってそうであろう？　隠されているからこそ、その面が気になるのだ」

頼寿の性格だと、一度言い出したら聞かないのは知っている。

昔から美しい女性の噂を聞くと、すぐに垣間見《かいまみ》ようとする。

もっとも、平安の都では貴族が身分の高い姫君の顔を見る機会は滅多にない。

成人の儀――裳着《もぎ》を過ぎた女子は、自分の邸《やしき》の御簾の中に籠もって暮らしている。たとえ親兄弟であっても、迂闊《うかつ》に顔を見せてはいけない習わしだ。男性と会話する時は、御簾と几帳《きちょう》ごしに話す。

そんな状況でどうやって女性と親しくなるかと言うと、文《ふみ》を送るのが普通だ。何度も何度も文を送り、やり取りをした後、ようやく女性の邸へと招かれる。

御簾の中に男性を招き、顔を見せることは、一線を越えたということ。つまり婚姻とほぼ同義だ。

そんな時代だから、女性好きの彼がたとえあやかしであろうとも、美しい女人と知れば興味を持つのは予想できたことだ。

千景は頭痛がするのを感じながら問う。

「もしそのあやかしが本当に美女だったら、どうするおつもりですか？」

頼寿は冗談めいた口調で言った。

「はて、求婚の文でも送ってみようか」

「まったくあなたという人は……」

(この人なら本当にやりかねないところがある)

頼寿は千景の心中を知ってか知らずか、軽やかに笑っていた。


その日の夜、内裏での勤めが終わった後、ふたりは紫宸殿にやってきた。

紫宸殿は内裏の正殿《せいでん》である。内裏の南部分にあることから、南殿《なでん》とも呼ばれている。

中央に十八段の階《きざはし》があり、その東側に左近の桜、西側には右近の橘が植えられている。

事件が起こったのは、左近の桜の周囲だ。

半分ほど陰った月が、紫宸殿の周囲を薄らと照らしていた。

頼寿は蕾をつけた桜の下で、白い面を上げて空を仰ぐ。

「もうすぐ、桜が咲くな。紫宸殿の桜は美しいから楽しみだ」

その姿があまりにも絵になるので、千景は思わず彼に見とれてしまいそうになった。

(本当に、口さえ開かなければ文句のつけようがない人だ)

黙っている千景を振り返り、頼寿はにこりと微笑む。

「酒も持ってくればよかったな」

千景はもはや怒る気力も失っていた。

「頼寿様、ここに何をしに来たのか忘れたのではないでしょうね……。花見に来たんじゃありませんよ」

「相変わらず千景はつれないな。焦ったところで事態が良くなるわけでもあるまい」

「それはそうですが」

頼寿は千景の前を歩きながら問いかけた。

「さて、これからどうする？」

「ひとまず、周囲を歩いてみましょうか」

ふたりは紫宸殿の周りをしばらく歩いてみた。

少将があやかしに食われたという桜の下も、周囲の草の影も、慎重に観察した。

しかし待てど暮らせど、美しい女子どころか鼠一匹現れる様子はない。

「誰もおらぬな」

頼寿はつまらなそうな声で呟きながら、檜扇を口元に当てた。

「それはそうでしょう。恐ろしいあやかしが現れ、人間をバラバラに食い荒らしたという曰《いわ》くつきの場所なのですから」

まともな人間なら、頼まれても近づきたくなかろう。

「こんな場所に嬉々として現れる変わり者は、頼寿様くらいですよ」

頼寿は扇を千景の胸元に当て、にやにやと笑った。

「お前もいるではないか、千景」

「言っておきますが、私は花見ではなく、あやかしを捕らえるために来たのですからね！」

「そもそも人を食い荒らした恐ろしいあやかし退治なのに、請け負っているのは千景ひとりなのか？　私に殺人の嫌疑がかけられているから、他の者はあやかしの仕業ではないと思っているのだろうか？」

「それもありますが、単純に人手が足りないのですよ。最近、都の外れでも鬼が現れたらしいです。そちらも大捕物で、人員を割く必要があるので、紫宸殿のあやかしについては私が受け持つと申し出たのです」

なにせ、陰陽師という役職は陰陽寮に六人しかいない。

怪異が起これればその都度吉凶を占い、貴族たちの禊祓《みそぎはらえ》をしなければならない。

さすがに手が足りないので、時には陰陽寮に所属する見習いの陰陽生の力を借りることもあった。

だが世襲の者が多い陰陽寮で、少し変わった経緯で陰陽師になった千景は、他の者とあまり折り合いがよくない。

彼自身の人付き合いのうまくないところも、それを増長させていた。

だが千景自身も単独行動の方が気楽でいいと考えていたので、とくに不自由はなかった。

「そうだったのか。さすが、頼りにされているな、陰陽師殿」

からかうようにそう言われた千景は、溜め息をついた。

「本来なら、暦の作成や星を観察する方が私の性《しょう》に合っているのですがね。魑魅魍魎のいない平和な世になるのが一番です」

そんな話をしながら、再度桜の周囲を見回る。

頼寿は真剣な様子で腕を組んだ。

「うーむ、どうすれば犯人は姿を現してくれるのだろう」

「あやかしの方も、毎日ここに出てくるほど暇ではないのかもしれません」

「今日は別の用事があるのだろうか?」

「そうかもしれませんね」

などと冗談を言いながら、半刻《約一時間》以上も待ってみたが、結局何かが現れる気配はなかった。

「何も現れる気配がありませんね。今日のところは、諦めて退散しましょうか。私ももう一度、この事件について占ってみます」

「うーむ」

頼寿は名残惜しそうな様子だったが、しぶしぶその提案を受け入れることにしたようだ。

翌日もその翌日も、ふたりは紫宸殿の周囲であやかしを探した。

もはや夜になると、紫宸殿前に集まるのが日課になりそうなくらいだった。

しかし数日経っても、悪しき者の気配すら感じ取れない。

そこで千景は陰陽寮の一室に赴き、宮中に現れたあやかしが何者か占ってみることにした。

水鏡に呪具を浮かべ、あやかしの正体を問う。

すると先ほどまでは何も映っていなかった水面に、ほんの一瞬だけ金色の月が浮かび上がった。欠けたところのない満月だった。

それを見て、千景はぽつりと呟いた。

「望月《もちづき》か……」

千景はさっそく、占いの結果を陰陽寮の長である陰陽頭に報告する。

「あのあやかしが現れるのには、どうやら望月が関係しているようです」

「ということは、望月でない日には、何も起こらない。しばらくは、あやかしは宮中に現れないということか？」

「はい、おそらく」

「では、頭中将様の嫌疑の判断についても、望月の晩まで待ってもらうことにしよう。だが、それ以上時間がかかった場合は……」

千景は真剣な顔つきで答えた。

「次の望月の晩に、必ずや犯人を捕らえてみせます」

そう結論が出たので、次の満月までは念のため紫宸殿の見回りはしつつ、他の仕事に重きをおくことになった。

千景は陰陽寮を出たところで、陰陽生の若者に声をかけられた。陰陽生とは陰陽寮に所属する見習い陰陽師のことである。

「望月にあやかしが現れるというのは、真《まこと》でしょうか？　何か私にお手伝いできることはございませんか？」

どうやらこっそりと千景と陰陽頭の話を聞いていたらしい。

「盗み聞きですか。感心しませんね」

千景が咎《とが》めると、少年はしゅんとした様子で頭を下げた。

「申し訳ございません。ですが、おふたりが心配で……」

彼は普段から千景のことを慕っている少年だった。陰陽生の中には、秀でた実力を持っている千景に憧れている者が何名かいる。

手伝いは必要ないと断ろうとした千景だが、頼寿の疑いを晴らすのなら目撃者が必要だと考え直した。

「それでは望月の夜、左近の桜から少し離れたところで、私たちを見ていてください」

そう告げると、少年は不思議そうに目を瞬かせた。

「見ているだけでよいのですか？」

「はい。そうしてくれると助かります」

千景が告げると、少年は嬉しそうに承諾して去って行った。


そうこうしているうちに、あっという間に一月近くが経った。

千景は毎日共に見回りをかかさない頼寿に、半ば感心、半ば呆れながら言った。

「あなたもよく飽きませんね。毎日来なくたっていいんですよ？」

「そうは言っても、こうして連日通っているのに、ここまで来て私だけ美女を見逃したら悔しいじゃないか。お前こそ、毎日よく付き合うな」

「私はあなたの身の潔白を証明するために、必死なんですよ……」

千景は内心焦っていた。

望月の晩に、男を殺めた恐ろしいあやかしが再び現れる。

その占いは、絶対に正しいという自信があった。

だが、もしその占いが間違いであやかしが現れなかった場合、頼寿は無実の罪をきせられてしまう。

千景の焦燥感とはうらはらに、頼寿はあいかわらず落ち着いた様子だった。

「ここ最近は平和だな」

「そうですね。私は参加していませんが、都の外れに現れた鬼の討伐もうまくいったようですし」

「それは何よりだ」

「頼寿様もあやかしを捕らえ、早く疑惑を晴らしたいでしょう？」

頼寿は高欄《こうらん》にもたれかかり、目を細めて言った。

「まあな。だが別に、いやいやここに来ているわけではないよ。ほら、桜を見てごらん千景。最初に来た頃は蕾だった桜も、すっかり満開だ。こうして御所《ごしょ》の桜を見るのも、なかなか雅やかじゃないか？　桜を見られる時期は限られている。雨が降ると、散ってしまうしな」

そう言われ、千景も改めて桜を見上げた。

たしかに、月明かりを浴びている夜桜は風情がある。

軽く笑った後、頼寿はふと真剣な様子になってたずねた。

「千景、どうすればあやかしが現れると思う？」

「占いの結果に、望月が出ています。望月の晩、男を食い殺したあのあやかしが現れるはずです。そろそろ頃合いだと思うのですが」

せめてわずかな手がかりだけでもつかめればと思ったが、千景が意識を集中してみても、悪《あ》しき気配は感じられなかった。

「そうか。まぁ平安一の陰陽師と名高いお前が気配すら感じ取れないのなら、今は近くにあやかしはいないのだろうな」

「それはさすがに買いかぶりすぎだと思いますが。まだまだ修行中の身ですよ」

その日もとくに収穫は得られぬまま、ふたりは宮中に戻った。

暦の上では、翌日が満月の予定だった。

だがその日は、朝から天気が優れなかった。

夕方になっても空は灰色に曇ったままで、霧のような雨が降っている。

頼寿は寝殿を繋ぐ渡殿《わたどの》から空を見上げながら、顔をしかめた。

「今日は雨か」

隣に並んで空を見ていた千景も、じりじりとした思いを抱えながら呟いた。

「この雨で、月が隠れてしまわないといいのですが」

月がないということは、あやかしも正体を現さないということだ。一月待ったのに、それでは困る。

「あやかしを捕らえるのに失敗したので、さらに次の望月の機会まで待って欲しい」という嘆願は、きっと通らないだろう。

ふたりがそんなことを話していると、ついには遠雷まで響いてくる。

灰色の雲の合間で、雷が光った。その数秒後、雷鳴が轟《とどろ》く。

それを聞いた頼寿が、嫌そうに肩をすくめた。

「む、雷か」

千景はほんの少し唇を上げて言った。

「頼寿様は昔から雷が苦手でしたね。へそを取られるのが怖いのですか？」

「戯《ざ》れ言《ごと》を。あの全身に響くような音が、どうも嫌いなだけだ」

「そんな季節でもないのに、最近雨が多いですね」

「たしかにそうだな。だが、空を見てごらん」

頼寿は高欄から身を乗り出し、天を仰いだ。

「こんな天気なのに、月は輝いている」

言われて千景は、頼寿が檜扇で指した方向を見る。たしかに、雲間から丸い満月が顔を覗かせていた。

千景はほっとしながら呟いた。

「ああ、本当だ。見事な望月ですね。少将様が殺められた日も、こんな風に月が出ていました」

そう言った直後、千景はハッとしたように目を瞬かせ、早足でどこかに歩いていく。

「千景？」

「来てください、頼寿様」

頼寿は千景の後ろを追いかけてゆく。

千景が到着したのは、やはり紫宸殿の桜の元だった。

傘も差さずに、千景は急ぎ足で進む。

「おい千景、待つのだ。いったいどうしたというのだ？　濡れてしまうぞ」

その声に耳も貸さず、千景はどんどん歩く。

しとしとと降りそそぐ雨が、ふたりの衣を濡らす。

外にはいつも通り、人の気配がない。

千景は顔をしかめて呟く。

「たしかに今、何か異質な気配を感じたのですが……」

今日も何者も現れないだろうか。

だが今日という日ばかりは簡単に諦めるわけにはいかない。千景は身体中の意識を集中させ、異質な気配を読み取ろうとした。

すると先ほどまでは誰もいなかったはずの桜の木の下に、突然小袿姿《こうちぎすがた》の女が現れた。

漆黒の髪は足に届くほどの長さで、俯いているため、顔はよく見えない。

頼寿は思わず千景の狩衣《かりぎぬ》の袖を引いた。

「おい、千景！　桜の木の下だ！」

姿を現した女に、千景も目を見張る。

「煙のように、突然現れましたね……」

楚々とした雰囲気の女だった。抜けるように白い肌、ほっそりとした面。華奢《きゃしゃ》な身体つきは、たしかに美姫《びき》のようでも精霊のようでもあった。

しかし本当に彼女が貴族の姫君ならこんな夜更けにお供もつけず、顔も隠さず桜の下にひとりで立っているはずがない。

頼寿は興奮した様子で、けれど声をひそめながら言った。

「千景！　あれはやはり、あやかしだろうな？」

千景はその言葉に頷いた。

「はい、普通の人間だとは思えません。しかし、警戒させると逃げてしまうかもしれませんね」

「やはり、望月が関係あるのか？」

「おそらく。以前少将様が襲われた日も、望月の夜でした。あやかしの中には、月の光によって特別な力を得る者もいます。とすれば、朔《さく》（新月）の夜より当然望月の方が力を得られる。あのあやかしも、望月と関係があるはずです」

「なるほど」

彼女が現れることに、本当に満月が関わっているのかは定かではない。

いずれにせよ、これ以上時間をかけるのは難しい。あやかしを捕らえる期限は満月の夜までと、陰陽頭にも話をつけた。今日中に決着をつけなければいけない。

推測が正しければ、今日を逃せば次に満月が出るのにまた一月かかってしまう。ふたりにそれを待つ時間は残されていないのだ。

「とはいえ不用意に近づくと影の中に潜み、逃げられてしまうかもしれません」

千景の言葉を聞いて、頼寿が前に進み出る。

「よし、それなら私が囮《おとり》になろう。きっと隙のある風に近寄れば、あやかしが襲いに来るに違いない」

千景は目を見開き、頼寿に問いかけた。

「正気ですか、頼寿様!?」

いつものような冗談かと思ったが、どうやら彼は本気らしい。

「正気も正気だ」

「さすがに危険ですよ」

「だが、よい案だろう？　せっかくの好機、逃がすわけにはいかない。私も近くで美しいあやかしを見られるし」

「近くで美しいあやかしを見たいという方が本音でしょう」

「とにかくお前は少し離れた場所から、こちらを見守っていてくれ」

頼寿は意気揚々《いきようよう》と囮になろうとしたかと思うと、くるりと振り返って千景に向かって強く言い聞かせた。

「ただし、私ひとりを置いていくのではないぞ。いいか、絶対にひとりにするなよ。もし千景が私を置いて逃げて、あやかしに食われてしまったら、私は毎日お前の夢枕に立つからな！」

勇気があるのかないのかわからない言動だ。

「頼寿様が枕元に立つと、さぞ賑やかでしょうね」

そんな事態になるのは、大いに避けたい。

千景は木陰に隠れ、自ら囮になろうとする頼寿を観察しながら感心していた。

(彼が美しい女人を好むのは知っていたが、まさかここまでとは)

頼寿がこちらに視線を送り、必死に「現れたぞ！」と目で合図をしているが、言われずともわかっている。

左近の桜にはしとしとと、霧のような雨が降り続けている。にもかかわらず、女は雨を気にしない様子で立っていた。

少し俯きがちなのと、夜闇のせいで彼女の顔はよく見えない。

儚げな雰囲気の女人は、頼寿と視線があったかと思うと、にこりと微笑んだ。

桜の下で佇《たたず》む女人は、頼寿にほっそりとした白い手を伸ばした。

「ああ、素敵な人、もっとこちらへ近寄ってください」

頼寿がその言葉につられ、ふらふらと女へ歩み寄った。

その瞬間、雷が轟いた。

雷光のおかげで、今まで薄らとしか見えなかった女の面がくっきりと見える。

女の形相は、どう見ても人間のそれではなかった。

薄い唇は裂けて大きく開き、真っ赤な口の中に鋭い牙が見える。目は金色に爛々《らんらん》と光っていた。おまけに金色の獣の耳が生え、腰の下には何本もの尻尾が見える。

「お主、妖狐《ようこ》か」

頼寿はぎょっとして身を引こうとした。

しかし女はまるで獣のような鋭く長い爪で、頼寿の肩口をしっかりと捕まえた。

彼女の足元に、黒い影が広がっている。その影の中は底なしの沼のようだ。

頼寿は自身の足がずぶりと沈み込んでいるのに気付き、顔を歪《ゆが》める。一度中へと引きずり込まれたら、無事ではすまないだろう。

千景はすぐさま彼らの方へ駆け寄った。

「頼寿様っ！」

頼寿は妖狐から逃げようと、腕を振り回している。

「千景！　やはり恐ろしいあやかしだった！　もしかしたら、事情があってどこかから逃げ出した姫君かと思ったが、人間ではないようだ！」

「だから最初からそう言っているでしょう！」

千景は懐《ふところ》に入れていた呪符《じゅふ》を取り出し、妖狐に向かって飛ばした。

「急々如律令《きゅうきゅうにょりつりょう》！」

呪符から激しい光が迸《ほとばし》り、無数の光の帯になって妖狐を包み込む。妖狐は悲鳴をあげ、そのまま跡形もなく消滅した。

頼寿は千景の身体によろよろともたれかかりながら、切れ切れの声で呟く。

「さすが、千景だ。助かった……。一瞬で消えてしまったな。あれはやはり、妖狐だったのか？」

「……えぇ、そのようです。人間の姿に化けて、人を喰らっていたようですね」

頼寿は青ざめた顔で呟いた。

「人間を喰らう、か。色々なあやかしがいるものだな」

「そうですね。一口にあやかしといっても同じ種族だからと言って、考えが同じとは限りません。人間にも、良い人間と悪い人間がいますからね」

「たしかにそうだな」

頼寿は小さく身をすくめて、ぶるりと震えた。

「くわばらくわばらだ。あんな者が御所に潜んでいたとは」

「平安の世には、数多の悪霊が蔓延《はびこ》っていますからね。とはいえ、これで私たちの役目もひとまず終了です」

千景は少し離れた場所からの視線を感じ、桜の木の影を見つめた。すると言いつけ通り、陰陽生の少年が立っていた。千景と目が合うと、彼はハッとした様子でふたりの方へと駆けてきた。

「ご無事ですか⁉」

千景は平然と答える。

「はい、大丈夫ですよ」

少年は青い顔をして頭を下げる。

「申し訳ございません。あやかしが恐ろしくて、何もお手伝いできず……」

「いえ、いいのですよ。下手に手を出してあなたが巻き込まれた方が大変でしたから。今見たことを、陰陽頭たちに報告していただけますか？」

「はいっ、もちろんです！」

千景の言葉を聞くと少年は身を翻し、慌てて陰陽寮の方へと駆けて行った。

その背中を見送りながら、千景は安堵の息をはく。

「これで頼寿様への疑惑も晴れることでしょう」

頼寿は、妖狐の立っていた木の下をじっと見ている。

「どうかなさいましたか？」

「いや、恐ろしいあやかしとはいえ、彼女がほんの少し気の毒だなと思ってな。もちろん、人を喰らうことは許せないが」

(自分が食われそうになったにもかかわらず、あのあやかしに同情しているのか)

千景は頼寿の心根の優しさに苦笑した。

「まったく、あなたという人は。あのあやかしのせいで、殺人の疑いをかけられていたというのに。ずいぶん余裕のある様子でしたね」

頼寿は千景に微笑みかけながら言った。

「どんなあやかしであろうと、かならず千景が捕らえてくれるだろう？　お前を信じているからこそ、私はずっと笑っていられたのだ」

千景は驚きに目を瞬かせる。

（そうか。ずいぶんのんきだと考えていたが、頼寿様は私のことを信じてくれていたのか）

照れくさくなった千景はふっと顔を逸《そ》らしながら言った。

「頼寿様は、いつも思いも掛けないことをしでかすのですから。今後は無茶をしないでくださいね。あなたが命を落としていても、何ら不思議はなかったのですから」

「ああ、心に留めておく」

紫宸殿の前は静まり返り、雨音だけが響く。

雨に打たれた桜の花びらは、はらはらと舞い落ちている。

頼寿は桜を見上げて呟いた。

「この雨で、美しい桜も散ってしまうのだろうな」

「たしかに。そう考えると、少し名残惜しいですね。今年は見納めかもしれません」

千景は懐から取り出した懐紙《かいし》で、頼寿の白い頬を拭った。

あやかしを見つけようと必死だったため、ふたりとも傘もささずに飛び出してしまった。そのためすっかり雨で濡れそぼっている。

「さ、頼寿様、早く中へと戻りましょう。このままここにいると、ふたりとも風邪を引いてしまいます。私もあの妖狐のことを、宮中の人々に報告しないといけませんし」

「ああ」

頼寿は名残惜しそうに、もう一度桜の方へと振り返った。

そこにはもう、誰も立っていない。

「あの美しい妖狐にもう二度と会えぬと思うと、残念な気もするな」

「死にそうな目にあって、まだそれを言うんですか」

頼寿は美しい面で桜を見上げた。

その姿は幽艶《ゆうえん》で、千景は桜に潜む妖狐などより、彼の方がよほど麗しいのではないかと考えてしまう。

そしてふと、この場に笛がないことを残念に思った。

頼寿は笛の名手なのだ。

口を開くと余計なことしか喋《しゃべ》らないが、彼の笛の音であれば何刻でも聞き続けたいと思うほどだ。

じっと見つめていたのに気づいたのか、頼寿が薄く微笑む。

「どうした、千景」

「いいえ。何度危ない目にあっても、懲りない方だと感心していたのです」

それを聞いた頼寿は、からからと笑いながら言った。

「美しい女人のためなら、命のひとつやふたつ惜しくないさ。彼女が本性を現すまでは、本当にどこかのやんごとない姫君のようだったしな。美しいあやかしに食われて命を落とす最期なら、存外悪くないかもしれないな」

「冗談はよしてください。さあ、戻りましょう」

千景は頼寿の手を引き、宮中へと誘った。

雨上がりの庭には、雲間から太陽の眩《まばゆ》い光が射していた。

二章　ふたりの出会い

都の道を、牛車《ぎっしゃ》がゆるりゆるりと進んでいた。

車の中にいたのは、少年の頃、まだ元服前の千景だ。

水干姿《すいかん》の千景は、幼い頃から凛として賢そうな顔立ちだった。

その面持ちは、少し緊張している風に硬かった。また、彼は憤ってもいた。

「さてさて、いったいどうすれば千景は機嫌をなおしてくれるのかな」

千景の隣に腰掛けていた、物静かな雰囲気の男性がそう呟く。

彼は千景が陰陽師の師匠として慕っている、清澄夕鶴《きよすみゆづる》だった。

千景は頑《がん》として言うことを聞こうとせず、掌を硬く握り占めている。

「いくらお師匠様の言うことでも、それには納得できません！」

「ううん、おいしい唐菓子を買ってあげるから、機嫌をなおしておくれ、千景」

「お菓子でつられると思ったら大間違いです！」

清澄は鷹揚《おうよう》な風貌そのものの穏やかな性格で、千景をゆったりとなだめている。

清澄はいつも目を細め、にこにこと微笑んでいた。

実際、清澄が声を荒らげて怒るところなど、千景は出会ってから一度も見たことがない。

＊＊＊

千景は一人前の陰陽師になるため、八つの時から清澄の元に預けられていた。

親元を離れ陰陽師として修行をすることになった千景は、清澄の邸に向かう道中、ずっと緊張していた。

陰陽師を目指す者は、通常陰陽寮で陰陽博士たちによって、見習いの陰陽生として教育を受ける。

だがどこから話を聞きつけたのか、千景に「人ならざる者を見る才能」があると知った清澄は、千景を引き取ると文を送ってきたのだ。

清澄は今は山の中にひっそりとひとりで暮らし、特別に依頼があった時だけ陰陽師として力を貸しているらしい。

以前は陰陽寮で陰陽師たちを束ねる陰陽頭をしていたほどの実力者だったようだ。

陰陽寮では、世襲の者が多い。

しかし、とくに位の高い貴族が親族にいない清澄が陰陽頭だったのだから、彼の実力は折り紙付きだったのだろう。

最初は千景の両親も怪しんでいたが、そんな方がわざわざ面倒を見てくれるのならぜひにと受け入れたのだった。

清澄は自分からは進んで人と関わろうとしなかったため、貴族たちの屋敷が建ち並ぶ地域ではなく、比叡山《ひえいざん》の麓《ふもと》に邸を建てていた。

「ここか……」

清澄の邸に到着した千景は、じっとその邸を眺める。

檜皮葺《ひわだぶき》の、かなり立派な邸だった。

貴族が住んでいる邸と比べても遜色《そんしょく》がない。

（こんな山の中に立派な邸があるなんて、なんだか変な感じだ）

清澄は腕はたしかな陰陽師だが、変わり者だともっぱらの評判だった。

（それほど実力のある陰陽師なら、宮中で働き、尊い身分を得ることができるだろうに。その地位をあっさり手放し、こんな不便そうな山の中でひとりで暮らしているなんて、珍しい方だ）

邸を見つめていると、ひとりでに門が開いた。

千景はびくりと肩をふるわせる。

（人の気配はないが……誰かが開けてくれたのだろうか？）

きょろきょろと周囲を見回す。やはり、誰もいない。

ただ、近くでくすくすと女童《めのわらわ》の笑い声が聞こえたような。

(気のせいか?)

疑問に思いながらも、挨拶をする。

「こんにちは」

千景が声をかけると、縁側の方から人の気配がした。

おそるおそるそちらに向かうと、縁側にほっそりとした白髪の男性が座っていた。

彼はまるでずっと昔からの知り合いかのように、千景に向かって微笑みかけた。

「ああ、やっと会えたね、千景」

清澄の「やっと会えた」という言葉は、不思議と千景の心にすっと馴染んだ。

それが千景と清澄の出会いだった。

初めて会った時、千景は清澄のことを女性と間違えそうになった。清澄は腰の辺りまで伸びる長髪の、優男《やさおとこ》だった。

珍しいことと言えば、清澄はまだ二十台半ばほどに見えるのに、なぜか彼の髪が真っ白だったことだ。

色白でほっそりとして、黙って微笑んでいる様はまるで天女のような佇まいだ。

清澄の邸で住み始めた頃は、しばらくは陰陽師らしい修行もしてもらえなかった。千景の仕事といえば、山を下って買い物をしてきたり、庭を掃除したり、邸の前にある畑の作物を育てたりと、ただの雑用であった。

何度も町と清澄の邸を往復しただけあって、千景は走るのがめっぽう速くなった。

(陰陽師の修行をするために来たはずが、足ばかり速くなるのはいかがなものか)

そんなことを考える日々だった。

雑用が続くと、そもそも清澄が本当に陰陽師として力を持っているのか、もしかすると彼の言っていることはすべてでまかせなのではと疑いを持ちそうになるが、その心配はなかった。

なぜなら清澄は千景の他にも、雑用として数柱の式神《しきがみ》を使っていたからだ。

式神とは、陰陽師が使役《しえき》する鬼神・使役神のことだ。

式神の多くは、だいたい千景と同じ年頃の童の姿であった。

なので最初、千景は自分と同じように数人の弟子をとっているのかと思っていた。だが、彼らは人間ではないという。

清澄の式神はもともとは花の精であったり、蝶であったり、野兎であったりするようだ。

一見童と変わらないのに、自分以外は人間ではないものに囲まれて生活するというのは不思議議であった。

雑用といえど、童なのでそこまで重労働をするわけではない。

清澄の邸での生活は、まるで老人と暮らしているようにつつましやかで穏やかだった。

まかされたことが終わると、縁側に腰掛け、のんびり清澄の話し相手をする時間も多かった。

ぽかぽかとした日差しを浴びながら、清澄と白湯《さゆ》をすすり、甘い菓子を食べる。

（たしかにこの生活も悪くないけれど、こんな生活が続くと私もあっという間に老人になってしまいそうですね）

二、三ヶ月ほど清澄と一緒に暮らして知るが、清澄は穏やかで優しいだけでなく、大変なものぐさであった。

彼はたいていいつも、昼過ぎまで眠っている。

「お師匠様！　そろそろ起きたほうがいいですよっ！」

そう言って無理矢理起こそうとすると、「あと半刻寝かせてくれ」と童のようなことを言って八重畳《やえだたみ》の上で丸くなる。

「お師匠様、陰陽寮の役人は早起きと聞きましたが？」

そうでなくても、内裏で働く貴族はみんな日が昇ったばかりの時間から仕事をしているはずだ。

声をかけると清澄はさらに丸くなった。

「そうだよ、内裏にいる時に一生分早起きしたから、私は今その時不足していた睡眠時間を回収しているんだ」

などとわけのわからないことを言う。

千景は清澄を起こすのを諦めて、食事の用意をすることにした。

放っておけばそのうち活動しはじめるだろう。

千景が囲炉裏《いろり》で火をおこそうとしていると、式神が手伝ってくれた。

「ありがとう。まったく、本当に私たちの主はものぐさですね」

そう言うと、式神はクスクスと笑った。

清澄は今は千景と式神たちに食事を用意させているから問題ないが、若い頃は食料を調達するのが面倒で、食事をしなければよいのではないかという考えに行き着いたらしい。結果、空腹で倒れたことが何度もあると言う。

その話を聞いた千景は、呆れた声で言った。

「お師匠様、きちんと食事はとってください！」

「ああ、今は千景や式神がいるから平気だよ」

「私がいなかったら食べないつもりですか!?」

そう説教すると、清澄はおかしそうに笑った。


人と関わろうとしない清澄がどうして自分のような童を引き取ったのか疑問に思い、思い切ってたずねたことがある。

囲炉裏の火を囲みながら、清澄に問いかける。

「お師匠様は、どうして私を弟子にしてくださったのですか？」

「気になるかい？」

千景は頷いた。

「陰陽師を志す者は、陰陽寮という場所で教育を受けると聞いていましたから。お師匠様の家に直々《じきじき》に引き取られて、正直驚きました」

とても恵まれているのだろうと思う。

平安京でも随一の実力と名高い清澄の元で、陰陽師として学べるのだから。

（まぁ、まだ陰陽師らしきことはまったくしていませんが）

しかしどうして自分を、という戸惑《とまど》いがいつまでも消えない。

するとと清澄はいつものように目を細めた笑顔で、静かに呟いた。

「何年か前、君が私の元にやって来る夢を見たんだ。それは、天命だからね。私は天命に従ったまでさ」

「夢……ですか？」

「ああ、そうだよ」

この時代、夢は特別な意味を持っていた。

夢で見たことを、お告げや呪術と関連付ける陰陽師も多かった。

「私はね、生まれつき予知夢を見る体質らしい」

「予知ということは、夢でこれから起こることがわかるのですか？」

「その通りだ。私の見た夢は例外なく、すべて現実の出来事になったんだ」

千景は驚きに目を瞬く。

「夢で見たことが、すべて本当に……？」

「ああ。どんな災いも、幸いもね」

それゆえ、清澄は千景を引き取ったというのだ。

「千景は信じられないかい？」

「いえ……」

その話を聞いた千景は、言葉では否定しながらも本当にそんなことがあるのだろうかと半信半疑だった。

しばらくの間、千景は「そもそもこの穏やかで優しい人が、本当に鬼と戦ったりできるのだろうか」と不思議に思っていた。


清澄は特別な用がなければ、自身が外出することもめったになかった。

ある時、清澄はにこにこと微笑みながら言った。

「千景、麓の川で、鮎を釣ってきてくれないかい？」

「はい、それはよいのですがお師匠様。そろそろ私に、陰陽師としての修行をつけてください」

「うん、もう少ししたらね」

彼は目を細めて笑いながら、いつもそう言ってはぐらかした。

またある時も言った。

「千景、山の麓で山菜を採って来てくれないかい？　この時期のわらびは、茹でて食べるとおいしいんだ」

「はい、それはもちろんですがお師匠様、さすがにもうそろそろ陰陽師としての修行をしていただけますか？」

「うん、もう少ししたらね」

こんな風に何度も何度も食い下がったが、清澄はその都度穏やかに笑うばかりで、なかなか相手にしてもらえなかった。

清澄に頼まれた山菜を背負って山を下りながら、千景は考えた。

(ここまで来ると、お師匠様は老人を通り越して、まるで仙人のような暮らしぶりだな。それに、いつまでたっても私に修行をつけてくれないけれど、もしかしてお師匠様は私を陰陽師にするつもりがないのだろうか)

そんな風に、不安な気持ちになることもあった。


千景が清澄と暮らしはじめて実に一年以上の時間が経った、ある日のことだ。

清澄の元に、貴族から鬼退治の依頼の文が来たのだ。

いや、そもそも今までも陰陽師として依頼の文はたくさん届いていたのだが、清澄はそのほとんどに「私が引き受けるべきことではない」と返事を書いていた。

囲炉裏の前で火に当たりながら、清澄は文を読んでいる。

清澄に依頼された鬼退治に、千景は喜び勇んで問いかける。

「お師匠様、ついに鬼退治ですか？」

いつものように穏やかな調子で清澄は言った。

「どうもそうらしい。面倒だねぇ」

「もちろん引き受けるのですよね？」

「さて、どうしようかなぁ。なるべくなら断りたいのだが、本当に困っているらしい」

「そうですよ！　何人もの人間を食い殺した恐ろしい鬼で、陰陽寮の陰陽師でさえ手出しできないらしいと書いてあります！」

「おや、千景は字が読めて偉いねぇ」

目を細めて笑いながら、清澄は千景を褒める。

じれったくなった千景は、身を乗り出して清澄に問いかけた。

「そんなことよりお師匠様、私も鬼退治に連れて行ってくれるのですよね⁉」

「そうだなぁ。でもね千景、鬼は恐ろしいんだよ」

清澄のおっとりとした口調でそう言われると、まるでそうは思えなかった。

千景は畳に頭をつけて頼み込んだ。

「お師匠様、後生《ごしょう》です！　どうか私も鬼退治に連れて行ってください！」

「うん、しかしね」

「お願いです！　置いて行かれるのなら、私はもうお師匠様の言うことを聞きません！」

さすがにその言葉は本気ではなかったが、この機を逃しては次がいつになるかわからない。

「おや、それは困ったなぁ」

そんな感じで千景が何度も食い下がった結果、清澄は鬼退治に着いてくることを了承してくれた。

実に久しぶりに、清澄は自ら自身の住《す》み処《か》から外に出向くことになった。

「都に行くのはどのくらいぶりだろうか。帰りに何かおいしいものでも買って帰ろう」

そんなのんきなことを言いながら、清澄は牛車の用意をはじめる。

しかし清澄が表に出て、太陽の光を浴びた瞬間だった。

彼の身体が傾き、突然ふらりと倒れそうになる。千景は咄嗟《とっさ》に清澄の身体を支えた。

「お師匠様！　しっかりしてください！」

「いやあ、すまないね」

清澄は千景の肩に手を置き、苦笑した。

「大丈夫ですか!?　いったいどうしたのですか!?　まさかご病気では……!」

「いやいや、久々に太陽の光を浴びたら、眩《まぶ》しくて立ちくらみがしてしまった」

「鬼を倒すどころか、依頼主の邸までたどり着けそうにないのですが!?」

「ううん、困ったね。すっかり身体が鈍ってしまった」

「先が思いやられます……」

千景は不安に思いながら、牛車の用意をする。

「お師匠様、座っていていいですよ。私が準備しますから。また倒れても困りますから」

そう言って、千景は無理矢理清澄を縁側に座らせた。

清澄は朗らかに笑った。

「相変わらず、千景はしっかりしているねぇ」

しかしこの邸では、牛は飼っていない。

疑問に思った千景は清澄に問いかけた。

「お師匠様、牛車の準備はできましたが、ここには肝心《かんじん》の牛がいませんよね？」

「ああ、だが牛車を引いてくれる者はいるよ」

牛車を引くのは、清澄が用意した式神であった。

清澄が呪言《じゅごん》を唱えると、何もなかった場所に黒々とした立派な牛が現れた。

それを見た千景は、よりいっそうわくわくした。


清澄の元に届いたのは、ある貴族の邸に現れる鬼を退治して欲しいという依頼だった。

昼過ぎに清澄の邸を出発し、夕暮れ時に依頼人の邸に到着した。

なんでも夜になると、凶暴な鬼が現れ、周囲の人々を喰らうのだと言う。

もともとこの邸に住んでいた貴族は、すでに恐れおののいて今は別の場所に避難しているようだ。

人が住まなくなったせいか、少し寂《さび》れた雰囲気の邸だった。庭の草も荒れ放題になっている。

「とにかく、鬼が現れるまで待ってみようか」

そう言って清澄は、その邸でのんびりとくつろぐことにしたようだ。

「千景、お湯を湧かしてくれるかい？」

「ああ、はい……」

幸い食器はそのまま残っていたので、湯を沸かすことはできた。

やがて日が沈み、すっかり周囲が暗くなった。

清澄がのんびりと縁側で白湯を飲んでいると、庭にあった木が揺らぎ、ずしりとした足音が響いた。

ハッとした千景は、明かりのない庭に目を凝らす。

すると木の陰から、人間の数倍はある巨大な鬼が現れた。

（これが鬼……！）

千景は初めて鬼の姿を直《じか》に目にし、狼狽《うろた》えた。

鬼は千景の倍ほどの背丈があり、鋭い牙をもち、頭からは角が生えていた。

瞳はギラギラと血走り、明らかに凶暴そうだ。

恐ろしくて、息をするのも躊躇《ちゅうちょ》してしまう。

清澄の姿に気がついた鬼は、腹に響くような叫び声をあげながら、清澄目がけて襲いかかってくる。

「お師匠様っ！」

清澄はその場からぴくりとも動こうとしない。

鬼は清澄に向かって腕を振り下ろす。

「ひっ！」

千景は思わず悲鳴をあげて縮こまる。

鬼の腕が振り下ろされ、千景はたしかに清澄の身体が潰れるのを見た。

「そんな……お師匠様……」

千景は絶望で目の前が真っ暗になる。

「大丈夫だよ、千景」

清澄の声が聞こえ、千景はハッとして顔を上げた。

鬼に殴られたのは、どうやら清澄の出した幻だったようだ。気がつくと、本物の清澄は幻のいた場所から少し横にずれた場所に座り、のんびりと白湯を飲んでいた。

「お師匠様！　よかった……」

鬼は、たしかに当たったはずなのにと不審げに清澄を睨みながら唸《うな》る。

千景は割れてしまった縁側の板を見て、改めて青ざめた。

鬼は人間とは比べものにならないほどの怪力だ。

清澄はいつものように目を細め、笑いながら言った。

「おやおや、ずいぶん乱暴な挨拶だね」

清澄の背後に駆け寄った千景は、清澄の袖を引いた。

「お師匠様、早く逃げましょう！」

「千景、後ろの部屋に下がっていなさい。前に出たら危ないよ」

「お師匠様、そんなことを言っている場合では……！」

そうこうしているうちに、また鬼が太い腕を振り上げた。

今度は清澄の頭目がけて、確実に叩き潰そうとしている。

（あんな力で人の頭を殴れば、ひとたまりもない）

清澄の頭が柘榴《ざくろ》のように割れてしまう様を想像し、千景は恐怖で戦慄《わなな》いた。

だが清澄は、白虎《びゃっこ》――名の通り白い虎の姿の神獣だが――を呼び出した。

初めて見た式神の姿に、千景は目を丸くする。

清澄が合図をすると、白虎は鬼の首に食らいついた。

白虎は鬼を地面に引き倒す。鬼は苦しげな悲鳴をあげた。

しばらく地面でもがいていたが、やがて動かなくなる。

白虎はあっという間に鬼を退治してしまった。

本当に一瞬の出来事で、千景が口を開けて呆然としているうちにすべて終わってしまった。

「もう、終わったのですか……？　人を何人も襲った、恐ろしい鬼なのに」

清澄は手にしていた器《うつわ》を縁側に置き、ゆるりと立ち上がった。

そして白虎の背を優しく撫でて言った。

「白虎、ありがとう」

白虎はそれを聞いて満足そうに頷くと、ふっとその場から煙のように消えてしまった。

まるで狐に化かされたようだった。

続けて清澄は、棒立ちになっていた千景の頭をぽんぽんと撫でて言った。

「さて、すっかり夜が更けてしまいましたね。私たちの邸に帰りましょうか」

千景は黙って、ただただ清澄の言葉に頷くことしかできなかった。


その日から、千景は平安一と名高い陰陽師である清澄の実力を認め、彼のことをたいそう信頼し、尊敬するようになった。

清澄に聞いたところ白虎は十二天将《じゅうにてんしょう》という、式神の中でも神に近しい強さを持つものたちのひと柱らしい。

白虎を呼び出した清澄の姿は、千景の瞳にいつまでも焼き付いていた。

（なんて鮮やかな所作《しょさ》だっただろう。私もお師匠様のような、一流の陰陽師になりたい）

そう希望に胸を弾ませた。

鬼退治が終わり、清澄の邸に帰ってから、千景は清澄を質問責めにした。

「お師匠様、どうしたらお師匠様のように強くなれますか⁉」

「お師匠様、いったい十二天将たちとは、どのように心を通わせたのですか？」

「お師匠様は、やはり幼い頃から陰陽師として優れた力を持っていたのですか？」

何を聞いても、相変わらず清澄は穏やかに目を細めて笑っていた。

とはいえ、それからもしばらくは劇的に千景の生活が変わることはなかった。

相変わらず千景に任せられる仕事は、雑用ばかりだった。


そして、運命の日が訪れる。

鬼退治からまた、半年ほどの年月が過ぎた日のことだった。

季節は春になり、山には桜が咲き誇っていた。

「千景、今日は都まで出かけますよ」

普段自分を使いにばかりやっている出不精の彼が自ら赴くなんて、よほどのことだ。

驚いた千景は目をぱちくりとさせながら問いかけた。

「お師匠様も一緒にですか？」

「ああ。少し寝坊をしてしまった。そろそろ出かけよう」

清澄と一緒に牛車に乗り込んだ千景は、少し緊張しながら清澄に問いかけた。

「これからいったい、どこに向かうのですか？」

「藤原家に、頼寿様という方がいらっしゃる。その頼寿様が、どうにも魑魅魍魎に好かれやすい体質をしているらしい。それで、彼を守るために専属の陰陽師をつけたいと話をしていてね。私が彼を守ることになったんだ」

清澄が自分と同じ年頃の少年を守ると聞いて、千景はほんの少し嫉妬心を抱いた。

しかし、それも陰陽師の役割のうちだ。

ならば仕方ないと思って、黙って頷く。

だが、続く言葉を聞いてさすがに黙っていられなくなった。

「そしてゆくゆくは、千景にその役目を継いでもらいたいと考えている」

それを聞いた千景は、むっつりと顔をしかめ、握り締めた拳を膝の上に置いて言った。

「お言葉ですが、お師匠様。私は、横暴な貴族たちの振る舞いに辟易《へきえき》しております。偉そうな貴族の方々とはあまり関わりたくありません！」

本来尊敬する清澄の言うことなら、千景はどんなことでも受け入れようと考えていた。

しかし、藤原家と関わるとなれば話は別だ。

現在主な官位のほとんどは、藤原家に独占されている。

他の貴族との権力争いに勝利し、自らの地位を脅かす者を排除して、実権を握っている。

貴族の悪行の噂は、子供であり、都に住んでいない千景の耳にさえ届いていた。

一部の貴族たちはその権力を使って、傍若無人な振る舞いを繰り返しているらしい。

暴力沙汰であったり、農民の妻を奪ったり、中には殺人を揉み消したなんて噂もざらだ。

しかし、身分の低い者たちはたいてい泣き寝入りすることになる。貴族であれば、多少の行いは看過《かんか》されてしまうのだ。

千景はそのような話を耳にする度に憤《いきどお》った。

(貴族だからって、人を踏みにじってよいわけがありません)

またその公家たちの争いに、いつしか陰陽寮の陰陽師も巻き込まれるようになっていた。天皇や皇族、公家に個人的に仕えた陰陽師は、彼らに吉凶を恣意《しいてき》的に吹き込み、政治を裏で操ろうとする者まで現れた。

そのような争いに巻き込まれるのを嫌い、清澄も官人陰陽師ではなくなったはずだ。

藤原家の御曹司であれば、内裏に出仕することになるだろう。そして彼を守るなら、千景も陰陽寮に属することになるはずだ。

そうなると、他の貴族との接触も嫌でも避けては通れない。

千景はそんな大人たちの醜い勢力争いに巻き込まれるのはごめんだと思っていた。

清澄も千景の心中は察していたらしい。

「たしかに、宮中には様々な人がいる。だが、やはりあの場所でなければ学べないことも色々あるからね。良い経験になると思うよ」

「ですが……！」

突然打ち明けられた話に、千景は動揺した。

てっきり自分はこのまま、ずっと清澄と暮らしていくのだと思った。

民間の陰陽師として、時折困った人の力になれれば、それでよいと思っていた。

しかし清澄は千景のことを、いずれは陰陽寮に入れ、宮中で陰陽師にしたいと考えているようだ。

「まぁ、今すぐに陰陽寮に入れと言っているわけではないよ。まだ先の話だ。とりあえず、まずは一度頼寿様に会ってみてはどうだい？」

「はい……」

清澄にそう言われ、千景はしぶしぶ提案を受け入れ、頼寿の邸に向かうことになった。

表向きは見習い陰陽師として、清澄の代理で頼寿を守るという役目だ。

しかし今の千景が陰陽師として使える術は、ほとんどないに等しかった。

よって、その辺りにいるただの子供と変わらない。

「何の術も使えない私でよいのですか？」

「ああ、もちろん。最初は私が頼寿様をお守りするから。千景は、彼の側にいてくれるだけでいいんだ」

頼寿を守る命を受けてから、千景は頼寿の父の持つ邸に通うことになった。

頼寿の住んでいる邸を見て、小さな溜め息をつく。

（豪華な屋敷だな）

藤原家の邸は、今まで見たどの邸よりも豪華で煌《きら》びやかだった。

その溜め息には、様々な感情が含まれていた。

貴族の多くは立派な荘園を持っている。

彼らが豪勢な暮らしができるのも、年貢や労役など、農民から様々な税を徴収しているからだ。それを考えると、素直に感心してはいられなかった。

千景が女房に案内され、廊《ろう》を渡って中を歩いていくと、縁側にひとりの少年が座っているのが見えた。

彼は白い水干を身につけていた。それが上質な絹織物であることが、一目でわかった。

彼と目があった瞬間、千景は思わず息をのむ。

（綺麗な顔立ちの童だ）

同じ年頃の子供、しかも男に対して、そんなことを思ったのは初めてだった。

頼寿の肌は、白くきめ細やかだった。目は切れ長で、唇は薄く、頬はほんのりと桃色に染まっている。

彼が黙って佇んでいる姿は、まるで子供が雛《ひな》遊びに使う人形のようだった。

千景がぼうっと見とれていると、頼寿はぱっと明るい笑みを浮かべた。

「お前が陰陽師見習いか！」

彼の話し方が想像以上に快活だったことに驚きながら、返事をする。

「は、はい」

「名は？」

「九条千景です」

「そうか。千景だな。私のことは、頼寿と呼んでくれ」

「わかりました」

返事を聞いた頼寿は、しげしげと千景を見つめながら言った。

「なぁ、千景。陰陽師というのは、本当に不思議な術が使えるのか？」

頼寿の少し疑うような口ぶりに、千景はむっとしながら答える。

「私は、まだ、それほど……。ですが、お師匠様は素晴らしい術を使えます！」

そう答えると、頼寿は瞳を輝かせて食いついた。

「ほう！　父上も話していたな。清澄は、素晴らしい実力を持った陰陽師だと。だから、私を守ってくれるとな。いったいどのようなことができるのだ？　なんでも私が読んだ書物によると、ただの紙を蝶に変えたり、獣神を操ったり、魑魅魍魎を祓ったりできると書いてあったのだ。それは真か？」

その言葉に、千景は意外と話がわかるじゃないかと、内心にんまりする。

「はい！　そのようなことができるのは修行を積んだ陰陽師だけですが、私のお師匠様はとても素晴らしい陰陽師なので、できます！　この間は、大きな白い虎の式神を呼び出し、鬼を退治していました！」

「なんと！　私もいつか、そのような術を直に見てみたいものだな」

「お師匠様は、力をひけらかすようなことはなさりません。一緒に暮らしていた私も、お師匠様の実力の一端しか知りません。ですが、いずれ機会があるでしょう」

「うむうむ。それは楽しみだ！」

それまで清澄の邸に籠もり、同じ年頃の童と接する機会がほとんどなかった千景にとって、頼寿は新鮮な存在だった。

それに師匠の話を「すごいすごい」と言いながら聞いてくれる頼寿は、話していて居心地のいい相手だった。


ある日千景が頼寿の邸に向かう準備をしていると、清澄に呼び止められた。

「千景、今日も頼寿様の邸に行くのでしょう」

「はい。毎日通いなさいと仰ったのはお師匠様じゃないですか」

「ああ、それはそうなんだけどね。歩きだと時間がかかるから、これを使いなさい」

そう言って、清澄は術で牛車を出した。

「式神が従者として進んでくれるから、千景は乗っているだけでいい」

「でもよいのですか？　私のような童がこんな立派な牛車を使って」

「いいんだよ。千景が頼寿様のところへ通うのは、立派な役目だからね」

そう言われた千景は、清澄の出した牛車で頼寿の邸へと通うことにした。

千景は箱に座り、物見から外の景色を眺める。

牛車は小さく揺れながら、緩やかに山道を進んで行く。

「たしかにこれは楽ちんだ。私の足で走って行こうとすると、一刻ほどかかってしまうからなぁ」

牛車を出してもらったこともあり、頼寿の邸へ通うのは楽しかった。

清澄もその頃にはようやく千景に対し、陰陽師として指導してくれるようになったが、その力は一朝一夕で身につくようなものではない。

頼寿も千景の陰陽師としての力には、さほど期待していないようだ。それより同じ年頃の子供と話せることを喜んでいた。

邸に到着すると、待ち構えていたらしい頼寿が中から飛び出してきた。

「おお千景、今日も来たか！」

「はい」

「お前、毎日山の上からここまで通っているとは真か？」

「はい。でもお師匠様が術で出してくれた牛車を使っているので、苦ではありませんよ」

「なんと、陰陽師とはそんなこともできるのか！　しかしその牛車はどこにあるんだ？」

「私が必要としない時は、消えてしまうのです」

「ううむ、陰陽師とは真に不思議な術を使うものだな」

頼寿は感動したように瞳を輝かせた。

千景が一人前の陰陽師になるべく熱心に勉強をしている隣で、たいてい頼寿は蹴鞠《けまり》をして遊んでいた。

頼寿は要領がよく、見張りの目をついと逃れて遊ぶのが得意だった。

藤原家に仕えている女房たちの中には、頼寿のいわゆる家庭教師として雇われている者も何人かいた。だが、頼寿が彼女たちに厳しく叱られるところを一度も見たことがなかった。

千景が疑問に思ってたずねると、頼寿は笑顔でとんでもないことを言った。

「あまり口うるさく言われるのは嫌いだから、女房たちに美しい布や絹を分けてやったのだ。それからは、叱られなくなったぞ」

千景は思わず目眩《めまい》がした。

(それって、買収では……。私と同じ年の童なのに、なんて恐ろしい。まったく、頼寿様は尊い生まれなのだから、やることは他にいくらでもあるだろうに)

「よいのだ。私はこう見えて、やる時はやる男だぞ？」

その言葉は真だろうかと疑問に思いながら、鞠を蹴る頼寿を眺めた。

それからまた数日経った、ある日のことだった。

千景が文机《ふづくえ》の前で陰陽術について書かれている書物を読んでいると、庭から飛んで来た鞠が背中に当たった。

鞠を蹴ったのは、もちろん頼寿である。真剣に書物を読んでいた千景は、苛立ちが募る。

千景はむすっとした声で言った。

「頼寿様、鞠が背中に当たったのですが！」

「おお、すまんなすまんな」

と言った数秒後、また頼寿はまたもや鞠を弾ませる。

そして彼が蹴った鞠が、再びぽんと千景の背中に飛ばされた。

「頼寿様っ！」

怒った千景の顔を見て、頼寿は声をたてて笑った。

「いや、悪い千景」

(さてはまったく反省していないな、この人は)

「頼寿様、遊びたいのなら別のところでやってくださいませ！」

そう強く言うと、頼寿は鞠を両手で持ち、小首を傾げて言った。

「私はお前と遊びたいのだ、千景。その術の勉強とやらは、今でないといけないのか？」

「それは……」

期待するような瞳を向けられ、千景は言葉に詰まった。

頼寿が微笑むと、千景はすっかり怒る気をなくしてしまった。

頼寿は少年ながらにして、すでに人の心をつかむのがうまいように見えた。

彼が笑みを浮かべれば、周囲の者はつい彼の言葉を聞きたくなる。

貴族だから、幼い頃から人に命令することに慣れているのかもしれないが、不思議と頼寿の頼みを不快だと感じることはなかった。

(これが人を従える者の才能というやつだろうか)

千景は書物を閉じて文机に置き、縁側から庭に降りて沓《くつ》を履きながら言った。

「まあ、私の役目は頼寿様をお守りすることですし。……仕方ないですね。少しだけ付き合いますよ」

(こうして頼寿様とお遊びして、彼のことを理解するのも私の役割のうち……なのかもしれない……)

無理矢理自分を納得させてそう答えると、頼寿は嬉しそうに鞠を蹴った。

「おお、そうこなくては！」

頼寿は喜んで、千景に向かってぽんと鞠を蹴り上げる。

「ほら、いくぞ千景」

「わ、わ、待ってください！」

千景の蹴った鞠は、明後日の方向へ飛んでいってしまう。

「申し訳ありません、まったく違う方向へ転がってしまいました」

その様子を見て、頼寿はまたけらけらと笑った。

「何だ千景、下手くそだな。私がうまく蹴る方法を教えてやろう」

頼寿は小走りで鞠を取ってくると、足の甲で何度も鞠を弾ませた。

頼寿の足さばきは、実際見事だった。何十回も、器用に鞠を弾ませている。

「さすがですね、頼寿様」

「そうだろう？　ほら、見ておれ。こうやって蹴るのだぞ」

頼寿の足の上で、鞠が小気味よく弾む。

「蹴鞠はな、右脚で蹴るんだ」

「そうなのですか？　左脚は使ってはいけないのですか？」

「ああ、そういう決まりだ」

「それは難しい……。私は両脚使っても、うまく蹴れる気がしません」

「まあ慣れだ、慣れ」

「頼寿様は、本当に蹴鞠がお上手ですね」

「そうであろう？」

千景は感心しながら、頼寿の動作を真似《まね》ようとした。

しかし千景の蹴った鞠は、やはり明後日の方向へ飛んで行ってしまう。

「どうも、私には蹴鞠の才能がないようです」

千景が腕を組んでそう呟くと、頼寿はまたおかしそうに笑った。


それからも毎日のように、千景は頼寿の邸で術の勉強をしつつ、頼寿の遊び相手になった。

時折清澄が千景の術を見てくれたが、千景の陰陽師としての成長は芳《かんば》しくなかった。

どれだけ鍛錬しても、なかなか清澄のようにうまく術を使えない。

(お師匠様とはくぐり抜けた修羅場の数も、修行を積んだ年数も圧倒的に違うのだから、簡単に私が同じような術が使えるようになるわけがない。とにかく鍛錬あるのみだ)

そうわかってはいるものの、うまくいかない自分が腹立たしかった。

毎日千景が陰陽師として修行する様を近くで見ていた頼寿は、感心したように言った。

「千景は立派だなぁ。よくそんなに熱心に、修行が続くものだな」

すっかり自信をなくしていた千景は、縁側に腰掛けて気落ちしながら言う。

「いえ、私はまだまだです。お師匠様のような、平安一立派な陰陽師になるための修行をしているのですが、ちっともうまくいきません」

その言葉を聞いた頼寿は、疑問を口にする。

「千景の師匠は平安一の陰陽師なのか？　しかし、一昔前は安倍晴明《あべのせいめい》という陰陽師が名を馳せていたようじゃないか。彼はどんな恐ろしい魑魅魍魎でも操り、自分の式神にしてしまったと噂に聞いたぞ」

それを聞いた千景は、むすりと頬を膨らませて怒った。

「お師匠様は誰にも負けません！」

千景の怒った顔を見た頼寿は、腹を抱えてけたけたと笑った。

「ハッハッハッ、千景もそのように意地を張ることがあるのだな。まるで童ではないか」

そう言われた千景は、いっそう頬を膨らませた。

ある日、頼寿は邸を抜け出して遊びに行きたいと言い出した。

頼寿がこういうことを言い出すのは、初めてではない。

「何か目的があるのですか？」

「いや、そうでもないが。毎日邸にいてもつまらんだろう」

「お供として、誰かに一緒に行ってもらいませんと」

「いらぬ、いらぬ。そんなものがいたら、好きなところに行けないではないか」

千景は深い溜め息をついた。

「まったくあなたという人は」

頼寿はやると言い出したら聞かないので、千景はこっそりと邸を抜け出し、彼のお目付役として大路を歩くことになった。

都は相変わらず、大勢の人間で栄えている。

千景は大路を行き交う人を物珍しく思いながら見つめる。

「活気がありますね」

頼寿は千景の手を引き、大路を歩きながら答える。

「ああ、もうすぐ葵祭《あおいまつり》もあるしな。千景、葵祭に行ったことはあるか？」

「葵祭ですか？」

葵祭とは、初夏に賀茂《かも》神社で行われる祭礼のことだ。

平安貴族にとっては馴染み深い行事だが、身分の差も気にせず、どんな人間でも楽しめる催しだ。

もともとは六世紀、長く続く凶作を憂いた欽明《きんめい》天皇が、卜部伊吉若日子《うらべのいきわかひこ》に原因を占わせたところ、賀茂神の祟《たた》りだと判った。その祟りを鎮めるため、二葉葵《ふたばあおい》と鈴を付けた飾り馬を走らせて盛大に祭りを行い、五穀豊穣を祈願したのが始まりだ。

勅使《ちょくし》の行列は御所を出発し、賀茂神社への道のりを歩む。

葵祭が華やかな催しであることは知っていたが、山に籠もって清澄の相手をしていた千景は、まだ実際に参拝したことがなかった。

「いいえ、今まで行ったことがありません」

「なんと！　それなら、絶対に一度は見ておくべきだ！　千景も一緒に行こう！」

千景も噂を耳にして興味はあったので、声を弾ませて答える。

「けれど頼寿様は、牛車で行くのでは？」

「たしかに貴族は、牛車を出して車中から見物することが多いな。だが、供などいらぬわ。待ち合わせ場所を決めて、ふたりでこっそり抜け出すのだ！」

「頼寿様、そんなことをして平気ですか？　大人たちに知られれば、きつくお叱りを受けますよ？」

頼寿はにやりと微笑んだ。

「それはそうだろう。だから面白いのではないか。ふたりだけでこっそりと葵祭を楽しむのだ」

「しかし……」

頼寿はたまに無茶を言い出すことがあった。

とはいえ、ふたりだけで葵祭を楽しむという誘いは、わくわくと千景の胸を弾ませた。

「わかりました。しかし頼寿様の家人《けにん》に見つかったら、すぐに中断しますからね」

「なかなか話がわかるじゃないか！　当日が楽しみだな」

頼寿と千景はわかりやすい待ち合わせ場所はどこかを相談し、当日合流することになった。

「これで計画は完璧だな」

頼寿は機嫌が良さそうに笑って続けた。

「さて、せっかく都に来たのだし、何か甘い物でも食べないか？」

「そうですね」

返事をしながら、千景は通りの途中でふと足を止めた。

数多の人間が行き交う中、妙に目を惹く女がいたからだ。

服装や立ち振る舞いは、周囲の人々と変わりない。

だが彼女の輪郭だけが不自然に切り抜かれたように見え、違和感を覚えたのだ。

女は近くで遊んでいる、数人の童を眺めているようだ。

それだけなら何の変哲もない光景のはずなのに、千景はどうしてか背筋が寒くなる。

(なぜだろう。あの女に見つかってはいけない気がする)

千景が眉をひそめて女を見つめていると、隣にいた頼寿が耳元で囁《ささや》いた。

「……千景。あれはどうやら、生きている人間ではないようだな」

その言葉に、千景は思わず目を見張った。

「頼寿様、あやかしがわかるのですか!?」

「ああ……そうだな。私は陰陽師ではないから、あの女の正体まではわからないが。人間になりすまし、馴染もうとしている。それが、どうにも不気味だと感じるのだ」

千景はその言葉に衝撃を受けた。

魑魅魍魎が見えることとは、陰陽師を志す者にとって大切な要素のひとつだ。

しかし陰陽師でも何でもない頼寿に、その力があるとは。

生まれ持ったものだから仕方ないとはいえ、千景の胸にもやもやとしたものが渦巻いた。

「……帰ります」

「何だ突然。千景、どうしたのだ？　まだ来たばかりではないか」

千景は彼の言葉を聞かず、頼寿を置いて、ずんずんと歩いていく。

「おい待て、千景！」

「着いてこないでください！　頼寿様など嫌いです！」

そう言い放った瞬間、しまったと思った。

頼寿は、困惑した様子でただその場に立ち尽くしていた。

彼の瞳の色が、悲しげな色に沈む。

予想外の反応だった。

頼寿なら「嫌いとはなんだ！」と言って、怒り出すと思った。

そう言われれば、すぐに謝ることができたのに。

「――っ」

引っ込みがつかなくなり、千景は踵を返して駆け出した。

結局、清澄の邸まで戻ってきてしまった。

何も知らない清澄は、帰って来た千景を見ていつものようにおっとりと声をかける。

「おや千景、今日は早かったね」

千景はその言葉にも答えることができず、肩を落として自分の部屋に籠もった。

それから、何日待っても頼寿が千景を呼ぶことはなかった。

千景も、どうやって頼寿に会いにいけばいいかわからなくなっていた。

（どう考えても、私が悪い。頼寿様に謝らないと）

そう思うものの、頼寿の悲しげな表情を思い出すと、なかなか勇気がでなかった。

どうにも顔を合わせづらくて、気がつけば一週間近く経ってしまった。

こんなに頼寿と顔を合わせないのは、彼と出会ってから初めてのことだった。

（早く謝りに行かないと。日にちが過ぎれば過ぎるほど、会いにくくなる。私が謝れば、頼寿様もいつものように、笑顔で話しかけてくれるはずだ。それとも、もう私のことなど嫌いになってしまっただろうか。二度と来るなと言われたら、どうしよう）

千景は縁側に腰掛け、膝を抱えて溜め息をついた。

「……童のようなことを言ってしまった」

頼寿が悪いわけではない。それに彼を傷つけたかったわけでもない。

ただ自分の才能のなさと、陰陽師でもないのにその才を持つ頼寿に嫉妬しただけだ。

（どうして私は、これほど心が狭いのだろう）

気落ちしていた千景の様子に気づいていたのか、いつの間にか清澄が隣に腰掛けていた。

「最近、彼と遊んでいないようだね」

「……お師匠様」

清澄に声をかけられた千景は、ぎくりとした。

とはいえ、彼に隠し事はできないだろう。

清澄は、聡明で鋭い洞察力を持っている。

そもそも優れた陰陽師は、相手の心はおろか、人の未来まで読めてしまうらしい。

清澄の瞳にどこまで未来が見えているのかは定かではないが、千景の隠し事など彼にはすっかりお見通しなのだろう。

千景は頭を膝に埋めたまま呟いた。

「実は、頼寿様と喧嘩してしまったのです」

「そうか。何が原因なんだい？」

「頼寿様は、私より目がよいようなのです。町に行った時、彼の方が先に、あやかしの女に気づいて……。そのことに嫉妬して、八つ当たりしてしまいました」

溜め息をついてから、千景は言葉を続ける。

「自分の未熟さと余裕のなさに、がっかりしてしまいます」

それを聞いた清澄は、なぜかおかしそうに声をたてて笑った。

「ど、どうして笑っているのですか⁉　お師匠様！」

「いや、すまない。千景はしっかりして見えるが、やはりそんな風に誰かを嫉《ねた》んだりするのだと思って、驚いたんだ」

「私は、お師匠様ほどできた人間ではないのです」

「おや、千景は私のことをできた人間だと思っているのかい？」

普段は邸から滅多に出ない、ものぐさな清澄の態度を思い出して言った。

「いえ……ええと……精神的な面でと言いますか」

清澄はまたおかしそうに笑った後、続けた。

「千景、人間というのは、誰しも未熟で弱い者だよ。だが、その弱さを受け入れることができれば、今より成長できる」

千景はこくりと頷いた。

「はい、お師匠様。頼寿様に謝って、仲直りをしてきます！」

「うむ、それがいい」

清澄は安心したように目を細めた。

式神が持って来た白湯を飲みながら、清澄はぽつりと呟く。

「しかし、魑魅魍魎か……。いったいどんなものだったんだい？」

千景は、ひとりだけ他の人間と違う空気をまとった女の姿を思い出しながら言った。

「一瞬見ただけなのではっきりとは言えませんが、眼光の鋭い女でした。睨みつけられると、震え上がるような」

その時のことを思い出し、千景は背中をぶるりと震わせた。

「ふむ。それは少し気になるね。こちらでもそのあやかしのことを調べてみるから、千景も用心するんだよ」

「はい、もちろんです！」


清澄に話を聞いてもらったこともあり、翌日、千景は勇気を出して頼寿の邸へと向かった。

頼寿は、いつものように庭で蹴鞠で遊んでいた。

「頼寿様」

そう声をかけると、頼寿はパッと明るい笑みを浮かべる。

「やや、千景。久しぶりじゃないか。具合でも悪かったのか？」

「いえ……」

千景は頼寿がいつもと変わらない態度で接してくれたことに、内心ほっとする。

（どうやら頼寿様は、怒っていないようだ）

千景はおずおずと声をかけた。

「……あの、頼寿様」

「ん？　何だ？」

「先日は、申し訳ございませんでした！　頼寿様は何も悪くないのに、私が未熟で、修行もうまくいかなくて。頼寿様があやかしが見えることに嫉妬して、怒ってしまいました」

そう言って、千景は深く頭を下げる。

頼寿は苦笑しながら言った。

「何だ、そんなこともう気にしておらん。律儀なやつだな。私はあえて触れぬようにしてやったのに」

「私が悪かったのですから、きちんと謝らないといけないと思っておりました」

「よいよい」

頼寿は千景の顔を上げさせ、にこりと微笑む。

「それより、千景がうちに来ないとつまらないからな。毎日遊びに来いよ！」

「はいっ！」

それからしばらくは、ふたりで鞠を蹴って遊んだ。

やがて疲れたふたりは並んで縁側に腰掛ける。

頼寿は足で鞠をつつきながら、落ち着いた口調で話し始めた。

「陰陽師の修行のことは、私にはわからないがな。すぐにはうまく行かずとも、続けるうちにうまくなるさ。そういえば千景は〝蹴鞠の精〟の話を聞いたことがあるか？」

聞いたことのない言葉に、千景は首を傾げる。

「蹴鞠の精……ですか？　いいえ、存じ上げません」

「蹴鞠の達人と謳われた藤原成道《ふじわらのなりみち》は、七千日を超える間、蹴鞠の修行を続けたという。時には病にふせながら、雨の日も風の日も、どんな時も鞠を続けたそうだ」

千景はどんな時も鞠を蹴り続ける男の姿を思い浮かべる。

「七千日……。それは、執念ですね」

「ああ。そしてある日の晩、彼の元に猿の姿をした蹴鞠の精が現れたという。なんでも蹴鞠の精によると、『人が蹴鞠をしている時は鞠についているが、普段は柳茂った林の木に戻る』のだと。また鞠の精は、『蹴鞠が好まれる世は、国が栄え、よい人が政治をし、寿命が長く、病もなく、よい縁が生まれ来世まで幸せになれる』と言ったそうだ」

その話に、千景は心を弾ませた。

（お師匠様は、蹴鞠の精のことを知っているだろうか。今度たずねてみよう）

千景は身を乗り出し、続きを促した。

「それからその精霊は、どうなったのですか？」

「蹴鞠の精は、『わたしたちの名前を呼べば、いつでも現れて奉仕してさしあげましょう』と言ったらしい。そして『我々のようなものがいることを忘れずにいれば、あなたの守護者となって、もっと蹴鞠の技を高めてあげよう』と。だが『木を伝って現れるので、木のない鞠庭は好まない』のだと。それゆえ、蹴鞠の精が現れやすいよう、鞠場には式木《しきぼく》を植えるようになったらしいぞ」

それを聞いた千景は感心した。

「なるほど。どんな物事も、諦めずに続けることで秀でた才を発揮できるのかもしれませんね」

そう呟いてから、はっとした。

（ああ、もしかして、頼寿様がこの話をしたのは、私を励ましてくれるためか）

頼寿は、千景に向かってにこりと微笑んだ。

千景は彼に微笑み返し、頭を下げた。

「頼寿様、よき話を教えていただき、ありがとうございます。毎日鍛錬を怠らず蹴鞠の精を味方につけたその方のように、私も諦めずに精進いたします」

それを聞いた頼寿は、満足そうに頷いた。

「立派な陰陽師となって、恐ろしい魑魅魍魎を倒してくれ」

「はいっ！」

頼寿は足元にあった鞠を見つめながら言った。

「そういえば、最近都でも魑魅魍魎が出たらしいな？」

「ああ、私も昨晩、お師匠様からそんな話を聞きました。童がさらわれる事件が続いているらしいですね」

「人攫《さら》いではないのか？」

千景は険しい表情で告げる。

「いなくなるだけなら、そうかもしれません。しかし童がさらわれた数日後、その童の着ていた衣と骨だけが、童の住んでいた長家の前に置かれているそうです……」

「わざわざ家族の元に骨と衣を置くなど、趣味が悪いな。検非違使《けびいし》が周囲を調べているらしいが」

「ええ。ただ、お師匠様の話ではやはり人間の仕業だとは思えないと。童の衣を抱き締めながら、泣き伏している親の噂を耳にして、いつもものぐさな――いえ、慎重なお師匠様も、早くその悪趣味な魑魅魍魎を捕まえたいと仰っていました」

頼寿も憤慨したようで、語気を荒くしながら喋る。

「本当に、趣味の悪いことだ。都の平和を乱すものは許せないな！」

「その通りです」

千景は深く頷いた。

そして、町で見た恐ろしい女のことを思い出す。

（もしかしたら、あのあやかしが関係あるのだろうか……）

考えても答えはわからなかった。

だがどんな事件が起ころうと、自分がすることは変わりない。

早く立派な陰陽師になれるように、鍛錬を積むのみだ。


やがて、葵祭当日になった。

清澄に頼寿と祭りに行くと告げると、快く送り出してくれた。

賀茂神社に到着すると、周囲はすっかり見物人で賑わっていた。

千景が初めての祭りに浮き足立っていると、明るい表情の頼寿が駆け寄ってくる。

「千景！」

「頼寿様。お付きの方は？」

そう問うと、頼寿は悪そうな笑みを浮かべた。

「問題ない、うまく撒《ま》いてきたぞ！」

「まったくあなたという人は」

貴族なのに、そういうことばかりうまくなって大丈夫なのだろうかと、つい心配になってくる。

「それより千景、ちょうどよい頃合いだ。あちらから勅使の行列が参るぞ！　もっと近くに行ってみよう！」

「はいっ！」

ふたりは手を繋ぎ、葵祭の主役である勅使を見ようと駆け寄った。

平安京の警察であった検非違使、そして山城国《やましろのくに》の使いが馬に乗ってやって来る。

藤の花を軒に飾った御所車は目もあやだ。牛車の引き綱を持っているのは、淡紅《たんこう》の狩衣姿の牛飼い童だ。童たちが緊張した面持ちなので、千景はつい彼らを応援したくなった。

また大傘に牡丹《ぼたん》や杜若《かきつばた》などの溢れんばかりの造花を飾り付けた、風流傘《ふうりゅうがさ》を掲げる従者たちもいる。

　そして人々が一段と沸き立ったのは、五衣唐衣裳《いつつぎぬからぎぬも》という煌びやかな十二単《じゅうにひとえ》をまとって腰輿《およよ》という輿に乗った、斎王が現れた時だ。

　斎王とは皇女から選ばれ、賀茂神社に仕える巫女である。

　男性が中心の雅な本列と比べ、斎王行列の方は女性たちが中心となっているので、華やかさがある。

　千景はそのすべてに瞳を輝かせ、感嘆の溜め息をつきながら見とれていた。

「素晴らしいですね！　勅使の騎馬姿は凜々しいし、斎王様はなんと美しいことでしょう。そう思いませんか、頼寿様？」

　そう声をかけたが、なぜか返事はない。

　隣を見ると、つい先ほどまでいたはずの頼寿の姿が忽然《こつぜん》と消えている。

「あれっ⁉」

　千景は頼寿を探すため、参道を歩くことにした。

「頼寿様、どこですかー？」

　そう声をあげながら頼寿を探すが、人通りが多くこの中でたったひとりの人間を見つけるのはなかなか骨が折れる。

（まったくあの人は、ちょっと目を離すとすぐにどこかに消えてしまうのだから。はぐれた時の待ち合わせ場所を決めておけばよかった）

そう考えながら参道を歩いていると、頼寿らしき童の後ろ姿を見つけた。

（よかった、やっと見つかった）

ほっとして名前を呼ぼうとした時、頼寿が誰かと話しているのに気づく。


石灯籠の近くに、八つくらいの童と、彼より少し年下に見える女童が座り込んでいる。どことなく似た顔つきをしていることから、ふたりは兄妹なのだろう。

頼寿は、その兄妹と話をしているようだ。

（知り合いだろうか？　しかし、そういう雰囲気ではないな）

兄妹の服装は、どちらも丈の合っていない色褪せた麻の小袖《こそで》だった。おそらく農民の子だろう。

妹らしき女童の足は、指先が血で濡れて赤く染まっている。

痛々しい姿に、千景は思わず眉を寄せた。

頼寿は彼女の足元を見つめて話す。

「草鞋《わらじ》がなくなってしまったのか。血だらけじゃないか」

女童の兄が、落ち込んだ様子で答える。

「人混みで足を踏まれて、爪が割れてしまったんだ。僕もはしゃいでいたから、こんなになるまで気づかなくて……」

どうやら妹の草鞋の緒が切れ、まともに歩けないところを誰かに踏まれ、爪が割れて怪我をしているようだ。この人混みだと、仕方のないことだろうと思う。

葵祭は身分の差を気にせず、どんな者も楽しめる行事だ。

妹は自分の足のことを言えば兄が帰ろうと言うことをわかって、痛みを我慢していたのだろう。

頼寿はしゃがみ込み、座っている女童の足を撫でる。

「これでは、痛くて少し歩くのも辛いだろう」

女童は涙目でこくりと頷いた。

頼寿は心配そうに問いかけた。

「両親は、近くにいないのか？　おぶって帰ってもらったほうがいいんじゃないか？」

そう言われた兄妹は、少し気落ちした声で言った。

「父ちゃんと母ちゃんは、この間の流行病《はやりやまい》で死んでしまったんだ……」

それを聞いた頼寿は、表情を曇らせる。

「そうか、すまない」

どうやら彼らは、流行病で両親を亡くしたらしい。

——きりのない話だ。

今の平安の都では、こういうことはいくらでも起こる。

物事には、必ず表と裏がある。

それは陰陽の教えでも言われていることだ。

貴族たちの暮らしは絢爛豪華《けんらんごうか》で煌びやかだが、貴族の数はせいぜい百五十人ほどだ。

平安京には、十万人以上もの人々が暮らしていると言われている。

貴族の数は、全体の一割にも満たない。

大半の庶民たちは、重い税に苦しみ、日々生活していくこともままならない。


頼寿はパッと顔を上げて言った。

「それならば、これを履けばよい」

そう言って、自分の履いていた浅沓《あさぐつ》を脱いで、ふたりに差し出した。

兄はぎょっとしてそれを辞そうとする。

「いや、こんな上等な物、貰えないよ！　代わりに渡せる物も、何も持っていないし」

「そんなものいらぬ。私が渡したいと言っているのだ。黙って持って行けばよい」

「そういうわけには……」

遠慮している童に、頼寿はずいと沓を差し出す。

「ほら、妹が困っているぞ。裸足では、帰路を歩くにも一苦労だろう。私の気持ちだ。ありがたく受け取っておけ」

困った顔で逡巡《しゅんじゅん》している兄の手に、頼寿が無理矢理浅沓を持たせる。

「ほら！」

「……ありがとう」

彼らは頭を深く下げた。それから妹に頼寿の浅沓を履かせ、去って行った。

ふたりがいなくなってから、千景は頼寿にそっと歩み寄る。そして後ろから、ぽんと彼の肩を叩いた。

「頼寿様」

「うわ、千景じゃないか！」

千景に気づいた頼寿は、びくりと飛び跳ねる。

「千景じゃないか、じゃないですよ。まったく、少し目を離したらいなくなってしまって。隣を見たら頼寿様がいないから、驚きましたよ。お供を撒くのはともかく、私からも離れてしまってどうするのですか！　ふらふらしないでください！」

「ハハハ、すまぬすまぬ。つい浮かれてしまった」

千景は頼寿の足元を見て言った。

「頼寿様、履き物がありませんね」

「ああ、浮かれすぎてなくしてしまった」

わかりやすい嘘に、千景はふっと笑みを浮かべながら言った。

「いえ、さっきの様子をすべて見ていましたので、事情は知っていますが」

「何だ、それならもっと早く声をかければよいものを！」

頼寿は、照れ隠しのように言った。

「恥ずかしいところを見られてしまったな」

それを聞いた千景は、大声で否定する。

「恥ずかしくなんてないですっ！」

千景の勢いに驚いたのか、頼寿は目を瞬かせた。

気恥ずかしくなった千景は、ぼそぼそと付け加える。

「いえ、その……頼寿様の行動、私はとても素晴らしいと思いました」

頼寿は苦笑しながら言った。

「今の私では、自分の浅沓を分け与えることくらいしかできぬ。だが私が元服した暁には、民がよりよく暮らせるところにしてみせようぞ」

そう言った頼寿の姿は、千景の瞳に眩しく立派に映った。


「ただいま戻りました」

清澄の邸に帰ると、夕餉《ゆうげ》の準備をしていた清澄が笑顔で迎えてくれた。

「ああ、千景。早かったね。葵祭は楽しかったかい？」

「はい、とても楽しかったです！」

「そうか、それならよかった」

千景は清澄に、葵祭で見たものを懸命に語る。今度は一緒に行こうと誘うと、清澄も楽しげに頷いていた。

その日の夜、千景は畳に横になりながら、今日の出来事をひとつひとつ思い出していた。

美しい御所車や風流傘など、印象に残ったものは色々あった。

だが一番千景の心に残ったのは、兄妹に自分の履き物を与えた頼寿の姿だった。

「あのような貴族もいるのだなぁ……」

千景の中で今まで貴族というのは、自分の財をどのように増やすかしか考えていない人々だった。

頼寿の外見を愛らしいと褒めそやす人はたくさんいるが、真実の彼の素晴らしさは、もっと別のところにある。

（貴族がみんな頼寿様のような方ばかりになれば、この国はもっと豊かになるだろうな）

千景は誰も知らない宝物を見つけたような、誇らしい気持ちで眠りに落ちていった。

＊　＊　＊

今日は珍しく頼寿は文机に向かい、漢文を読んでいる。

よいことだと思いながら、千景も隣で陰陽道について書かれた書を読んでいた。

その時、何かおかしな気配がした。

（……今日だけではない。ここ最近、誰かの視線を感じる）

千景は顔をしかめ、周囲を見渡した。

それから御簾を上げ、外を眺める。

しかし、近くに怪しい人物はとくに見当たらなかった。

だが、どうにもすっきりしない心地だ。

頼寿は不思議そうに千景に問いかけた。

「どうしたのだ、千景？　誰かいたのか？」

「いえ……。頼寿様、最近どこかから見られている感じはしませんか？」

「うーん、わからないな」

自分が側にいても、術を使えるわけではないので、魑魅魍魎からは守れない。

この邸は腕のたつ武士に守られている。なので、害を為そうとする人間が現れても心配はない。

だが、もしそれが人間ではない場合は……。

千景は真剣な眼を頼寿に向けて言った。

「頼寿様、どうか用心してくださいね」

そう話すと、頼寿は明るく笑った。

「何だ、大丈夫さ千景。私はそう簡単にやられたりしないぞ！」

「たしかに頼寿様は、殺してもしぶとく生き残りそうな雰囲気はありますが」

「ぬう、失礼なやつだ。私にそんな口をきける人間など、なかなかいないぞ」

「そういえば、頼寿様は尊い身分でしたね」

曲がりなりにも藤原家の御曹司だ。

頼寿が気安い雰囲気だからいつもつい言い返してしまうが、本来なら許されないことだろう。

「はは、今思い出したのか」

「申し訳ありません」

彼と一緒にいると、楽しくてつい頼寿が貴族だということを忘れてしまう。

「お前は面白いやつだ。私は千景のそういうところが気に入っているんだよ。これからも、変わらず接してくれ」

その言葉を聞き、千景はふわりと微笑んだ。


その翌日、珍しく頼寿が清澄の邸を訪れた。

普段千景が清澄のことをどれだけ素晴らしいか褒めちぎっているので、「それならたまには清澄に会ってみよう」という話になったのだ。

清澄本人に告げると快諾されたので、牛車で邸に向かった。

頼寿は式神が牛車を引いていることを、たいそう喜んでいた。

そうしてふたりが邸に到着したのはいいものの、肝心の清澄の姿が見えない。

「陰陽師殿はいないようだな」

「たしかに。いつもなら自室で寝てばかりいるのに、どうしてこんな日に限っていないんでしょう。まあ、おそらく裏の畑にでもいるのではないかと思うんですが。ちょっと探してきましょうか」

そんな話をしていると、邸の門が開く音がした。

どうやら清澄が帰ってきたらしい。

清澄は片手で抱えられるほどの籠を手にしていた。頼寿と千景は、清澄の方へと駆け寄った。

竹で作られた籠の中に、何か生き物が閉じ込められ、じたばたしている。

籠には札が貼ってあるので、それがなにがしかのあやかしだということがわかった。

「お師匠様、その生き物は何ですか？」

隙間から中をのぞいた頼寿は、歓声をあげる。

「おお、狐だ！　珍しいな。白い狐なんて初めて見た！」

「狐……」

頼寿の言葉通り、よく籠の中を見ると、それは真っ白な狐だった。

動物が好きなふたりは、興味津々《しんしん》な様子でさらに籠の中を覗き見ようとする。

清澄はふたりを遠ざけようと、手で制止した。

「これこれ、ふたりとも、あまり近づいてはいけないよ。これは町で食べ物を盗んだり、人間の姿に化けたりして人々を騙《だま》した、悪い狐のあやかしなんだ」

それを聞いた千景は、よりいっそうわくわくした。

「この狐、人間に化けることができるのですか!?」

「そうだよ。悪知恵が回るやつなんだ。ふたりに知られないうちに、どうにかしようと思っていたんだけどね」

千景は驚きに目を見開く。

「もしかして、殺してしまうのですか？」

そうたずねられた清澄は、困ったように眉を寄せる。

「正直、この狐の処遇に迷っているんだ。道を歩く人を騙して脅《おど》かしているからという依頼で捕まえてはみたんだが。やっていることは、他愛ないいたずらが多くてね。野放しにするわけにはいかないが、かといって命まで奪うのもね」

千景は清澄の衣の袖をつかんでたのんだ。

「それなら、生かしておきましょう！　うちでお師匠様の身の回りの世話を手伝わせればよいではありませんか！」

清澄は眉をひそめる。

「素直に言うことを聞くようには見えないな。身の回りの世話なら、千景と式神で事足りているし」

愛らしい狐が死んでしまう姿を思い浮かべ、千景は顔を歪めた。

「だけど、こんなにかわいらしいのに……」

「愛らしく見えるが、見た目に騙されてはいけないよ。この狐は、もう何百年も生きているんだから」

しかし珍しい動物を見た千景と頼寿は、籠の周囲に張り付いて言った。

「でも、命を奪ってしまうのは……」

「そうだ、改心するかもしれんぞ！」

「ううむ……」

清澄はしばらく悩んだ後、白い狐を籠から出した。

狐はすぐさま逃げようとしたが、何もない場所にぶつかって姿勢を崩す。

どうやら狐の周囲に清澄が結界を張ったようだ。そのせいで、逃げるのに失敗したのだ。

白狐は警戒するように、姿勢を低くしてぐるると唸《うな》っている。

全身真っ白なふわふわした美しい毛並みの白狐を見て、千景と頼寿はさらに瞳を輝かせた。

「ふわふわでもふもふです！」

「こんなに毛並みの美しい狐がいるのか」

清澄は白い狐の顔を覗き込んで問う。

「私も好んで殺生《せっしょう》したいわけではないが。どうする、白狐。君が私たちの言うことをきちんと聞くのなら、生かしておくが」

白い狐は毛を逆立てて、幼い童のような声で話す。

「ふん、なんじゃ偉そうに、人間風情《ふぜい》が！　だいたいわしには、久遠《くおん》という立派な名があるー！」

千景と頼寿は狐が人の言葉を話したことに興奮している。

「お師匠様、喋りました！」

「すごいぞ、この狐喋るのだな！」

久遠は鼻息を荒くして言った。

「それくらいできて当然じゃ！　わしはお主らなんかよりも、ずっと長生きしておるのだからな！」

清澄は久遠に向かって言い聞かせる。

「ふむ、それでは久遠、これから君は千景と頼寿様のことを守ってくれるかな？」

「い・や・じゃ！　どうしてわしがこんな生意気そうな童どものおもりをしないといかんのじゃ！」

「仕方ないな」

清澄は懐から掌に収まるくらいの、小さな笛を取り出した。

「笛ですか？」

「そうだよ」

清澄がそれを吹くと、高い音が鳴り響いた。

人間からするととくに気にならない音だが、久遠は両手で耳を塞《ふさ》ぐようにしてその音を嫌がっている。

「ううう、頭に響く！」

笛を吹くのをやめ、清澄は目を細めて言った。

「これは、私が術を込めて作った特別な笛だからね。いいかい久遠、もし千景か頼寿様がこの笛を鳴らしたら、君は笛を鳴らした主の元へと駆けつけるんだ。どこにいても、何をしていてもだ」

「いやーじゃ！　何でそんな面倒なことをしないとならんのじゃ！」

それを聞いた清澄は、笑顔で頼寿に笛を渡す。

笛を受け取った頼寿は、わくわくした顔で思いきり息を吸い込み、ぴいいと耳をつんざくように笛を鳴らす。

すると久遠は再び嫌がるように、耳を押さえてじたばたと地面を転がった。

「だああ、わかったわかった。うるさいから笛を鳴らすのをやめろぉ！」

清澄は満足そうに目を細めて言った。

「千景、一応悪さができないように、しばらくは私の術で久遠の力を封じておく。とはいえ、この狐は見かけよりずっと狡猾《こうかつ》だ。油断してはいけないよ？」

「はい、お師匠様！」

一連の出来事が終わり、清澄は満足したらしい。

「では、私は疲れたから眠るとするよ」

「やっぱり眠るのですね」

その言葉通り、清澄は自分の部屋に籠って眠ってしまった。

それから久遠は、清澄の邸宅で暮らすことになった。

久遠は最初は悪態こそついていたものの、想像以上におとなしく過ごしていた。

十日もすると、久遠が悪さをしないことがわかったからか、久遠は比較的自由に清澄の邸の中を歩けるようになっていた。

もっとも、まだ結界を張られているので、邸の外には出られないようだ。

今も久遠は邸の縁側に寝転がり、太陽の日差しを浴びて気持ちよさそうにしている。

千景はそわそわしながら久遠に近づく。

そして、真っ白な尻尾にそっと触れた。

「なんじゃ、童か」

「籠から出られたんですね」

千景がそう声をかけると、久遠は横になったまま忌々《いまいま》しそうな口調で言った。

「うむ、一応術でまだ首輪のようなものをつけられて、この邸から外へは行けないようにされているがのぅ。本当にあの陰陽師、邪魔じゃ。術が解けたら、首に食らいついてやるわ」

それを聞いた千景は、批難するように叫んだ。

「だめですよ、お師匠様を噛んだら！」

「うるさいのぅ、童め。わしも今すぐにとは言っておらんじゃろ。ここにいれば、幸いうまいものが食べられる。わしにとっても、すぐにあいつを殺す理由はない」

どうやら久遠がこの邸でおとなしくしている最大の理由はそこにあるようだ。

もともと人間の姿に化けて食べ物を盗んでいたということだから、食い意地が張っているようだ。

そんな久遠もここにいれば、自分で食料を調達しなくても食事ができる。需要と供給が一致したのだろう。

「わしはお主よりずっと長生きしておると言ったじゃろ。もっと目上の者に対する言葉使いを心得よ」

「ええと、久遠様？」

そう呼ばれた久遠は、気に入ったようににんまりと口角を上げる。

「ほぅ、その呼び方は悪くないな」

それから久遠は、鼻先を千景に近づけ、ひくひくと動かした。

千景は不思議に思って首を傾げた。

「どうしたのですか？」

久遠は顔を渋そうにしかめる。

「お主、先ほどまでもうひとりの童と会っていたのか？　ほらあの、生意気な貴族の童だ」

「頼寿様ですか？　はい、その通りです」

それを聞いた久遠は、再度顔をしかめた。

「何か、おかしな匂いがするのぅ」

「おかしな匂い？　久遠様も、何かいると思うのですか？　私も最近、頼寿様の近くで怪しい気配を感じるのです」

「ああ、おそらくどこかのあやかしが様子をうかがっておるのじゃろう」

「やはり、そうですよね。頼寿様は、よくあやかしに狙われますので」

そう呟いた千景は、久遠にたずねた。

「久遠様は、頼寿様を食べたいと思わないのですか？」

「あやつを食べたいと思うあやかしがおるのはわかるが、わしの好みとは少し違うの。そもそもわしは、別に人間を食うあやかしではないからの」

「そうですか、それなら安心ですね」

さすがに清澄も、久遠が頼寿に害をもたらす存在なら、最初から近づけることはないだろう。

わかっていたこととはいえ、久遠本人の口から聞けて少し安心する。

「お師匠様にも、再度話しておきます。何かあったら、頼寿様を守ってもらわないと」

それを聞いた久遠は、不思議そうに瞬きをする。

「そんなことをせずとも、お主があの小童を守ってやればいいじゃないか。お主もあの忌々しき陰陽師の弟子なのだろう？」

「いえ、私は……。まだ修行中の身で、術を使うことができないのです」

すると久遠は、莫迦《ばか》にするようにけらけらと笑った。

「なんじゃお主、陰陽師の卵なのに何の術も使えんのか！　情けないのぅ」

そう言われた千景は、途端に涙目になる。

千景を見て、久遠は溜め息をついた。

「ええい、うっとうしいのぅ。そんなことくらいで泣くんじゃない！」

「だって……」

久遠は身体を丸め、後ろ足で耳をかいてから言った。

「まあ、どうせあの男の術のせいで逃げることもできんしのぅ。気が向いた時だけは、お主のことを守ってやってもよい」

千景は、パッと顔を輝かせた。

「はい、久遠様、よろしくお願いします！」

「うむうむ。とりあえず、何か甘い物を献上しろ」

「はい！」


それからまた数日経った日のことだった。

いつものように頼寿の邸に遊びに行くと、千景の姿を見つけた女房は焦った様子で問いかけてくる。

「頼寿様はいらっしゃいませんか!?」

「彼ならおおかた、また邸を抜け出してふらふら遊んでいるのでしょう」

そう答えると、女房はおろおろした様子で言う。

「そうだと思うのですが、今日は大切な行事があるのです。頼寿様はいつも遊んでらっしゃいますが、こういう時はきちんとなさるのですが」

千景も疑問に思った。

たしかにその通りだ。

頼寿は基本的に遊び歩いているが、分別の付かない愚か者ではない。

自分の立場を理解し、自分の為すべきことは心得ている。儀式や行事などの時は、藤原家の人間として役割を果たしている。

だとすると、頼寿がいないのは少し妙だ。

「私、外を探してきます」

そう伝えると、女房はほっとしたように頷いた。

「はい、お願いします。私はもう一度邸の中を探しますので」

千景は邸を飛び出して、頼寿の行きそうな場所を考えた。

(頼寿様、いったいどこにいるのだろう)

近くを散歩しているだけならいい。

この間頼寿が邸を抜け出していた時は、道で野良猫と遊んでいた。

どうやら久遠が千景の邸にいるのが羨《うらや》ましいらしく、動物好きな彼も猫を飼いたいと話していたのだ。

最初は猫を飼うことを邸の者に反対されたが、それに頼寿が怒って「猫を飼えないのならもう誰とも口を利かない！」といじけたらしい。

邸の者も童の言うこと、すぐに機嫌が直るだろうと考えていたが、三日、四日と頼寿が千景以外の誰とも一切口を利かない日が続き、結局大人たちが折れて猫を飼う許可を得たらしい。

その話を聞いた時、千景は頼寿を怒らせると面倒くさそうだな、とひそかに考えた。

千景は声をかけながら、邸の周囲を走る。

「頼寿様、どちらにいるのですかー？」

（また野良猫と遊んでいて、時間を忘れているのだろうか。しかし、大切な行事を忘れるなど彼らしくない）

そう考えながらある通りの角を曲がった瞬間、妙な気配がして思わず歩みを止めた。

「何だ、この気配は……？」

ずんと身体が重くなるような、息が吸いづらいような、そんな威圧感がある。

そしてその威圧感は、一歩一歩進むごとに、濃くなってゆく。

千景はいつの間にか、息をひそめている自分に気がついた。

（何か、とてつもなく良くない気配がする。絶対に、近くに恐ろしい者がいる）

そう考えるのと同時に、早く頼寿を見つけないといけないと思った。

彼は悪しき物に好かれやすい体質をしている。

通りの角を曲がった先、少し離れた場所に頼寿の後ろ姿を見つけ、千景はほっと息をついた。

しかし、安堵したのはほんの一瞬のことだった。
頼寿の背後に、身の丈七尺《ニメートル》を超えるほどの、巨大な化け物がいたからだ。
(何だ、あの巨大な化け物は……!? 今まで見た魑魅魍魎の中で、一番大きい)
化け物は、上半身は人間の女だが、下半身は蛇の形をしていた。
蛇女は、おぞましい妖気を放っている。
一目見ただけで、力量の差は歴然だった。
おそらくあの蛇女は、今までも何人も人間を食べているだろう。
そして、最近子供がいなくなる事件が相次いでいたことを思い出す。
思えば町に出かけた時に見た女の顔も、この化け物と似通っている。
(そうか、犯人はこの化け物だったのか)
さらに悪いことに、その蛇女に捕らえられた頼寿の姿が目に入った。
「頼寿様っ!」
頼寿の身体は、蛇の身体にしっかりと巻き付かれていた。
「くっ……!」
(早く頼寿様を助けないと!)
そう考えたのと同時に、どうやって? という思いが首をもたげ、千景の動きを鈍くする。

今の自分は、簡単な術しか使えない。

（私では、戦ったところでどうせあの蛇には敵《かな》うまい）

しかし、離れた邸まで師を呼びに行っている時間はない。

思わずその場から逃げ出してしまいたくなった。

自分が化け物に立ち向かっても、結果はわかりきっている。

（蛇の化け物にふたりとも食べられてしまうか、頼寿様をおいて私ひとりだけ逃げて生き延びるか――）

臆病な考えに取り憑《つ》かれそうになった千景は、両手でぴしゃりと自分の頬を叩く。

（何を莫迦なことを！　頼寿様を守るのが、お師匠様に任せられた私の役目じゃないか。たとえ半人前の陰陽師だとしても、その役割を投げ出すわけにはいかない！）

そして兄妹に沓を与えていた時の頼寿の姿と、人々がよりよい暮らしができるようにと話していた頼寿の姿を思い出す。

（頼寿様は、平安の世に必要なお方だ。彼を、こんなところで失うわけにはいかない）

そう覚悟して、千景が飛びだそうとした時だった。

聞き慣れたよく通る声が名前を呼んだ。

「千景っ！」

頼寿に名前を呼ばれ、ぎくりとした。

「頼寿様……」

（たった一瞬だとしても、私が逃げようと考えていたことを頼寿様に悟られたかもしれない。卑怯で臆病な私に気づき、頼寿様は失望しているか、それとも怒っているか……）

しかし頼寿は、千景の想像とまったく違う行動に出た。

「千景！　こやつは私が食い止める！　お前だけでも走って逃げるのだ！」

「えっ……」

頼寿は蛇女の意識が千景にうつった隙を見て、咄嗟に足元の砂をつかみ、女の顔にかける。

「この餓鬼、何をするっ！」

巻き付いていた蛇の尾が一瞬緩む。

頼寿は必死に女を食い止めようとしていた。両の手で女の肩を押し、足を突っ張って、大きな声で叫んだ。

「このままでは、ふたりとも食われてしまう！」

「頼寿様！」

再び身体をつかもうとする蛇女の腕に、頼寿は思いきりがぶりと噛みついた。

「くそっ、忌々しい！」

女が思いきり手を払う。

そうすると、小さな頼寿の身体は吹き飛ばされ、背後にあった木にぶつかって地面に落ちる。

「頼寿様っ！」

頼寿は地面に倒れながらも顔を上げ、力を振り絞って叫んだ。

「逃げろ、千景！」

その言葉を聞き、千景は自分の考えの愚かさが無性に恥ずかしくなった。

（どうしてこの人は、そんなことができるのだ。自分だって、化け物に食われるのが恐ろしくないわけがないのに。彼には、陰陽師の力があるわけではないのに）

千景は泣きながらも、ぎゅっと歯を食いしばった。

師匠から教わったではないか。

陰陽師として一番大切なのは、術を使う才能などではないと。

魑魅魍魎が跋扈する平安の都で、弱い人を思いやり、救うために力をつけるのだと。

(私が人と違う力を持って生まれたのは、大切な人を守るためだ)

まなじりから涙は溢れるし、相変わらず恐怖で足が震えている。

(この人を助けなければ。このままひとりで逃げ出せば、きっと一生後悔する)

蛇女の長い手が、頼寿の頭をつかんで持ち上げた。

見た目はほっそりとした女なのに、想像以上に力が強いらしい。

そのまま力を込めれば、頼寿の小さな頭は果物のように握り潰されてしまうだろう。

千景は女に向かって吠えるように叫んだ。

「その人を離しなさいっ！」

蛇女は血走ったぎょろりとした金色の目で千景を睨んだ。

「ああ、お前か。嫌な匂いのする餓鬼」

「え？」

「この餓鬼のことがおいしそうで、ずっと狙っていたんだがね」

やはり、邸の外からたまに感じる視線は、この蛇女のものだったのか。

「お前が近くにいると、どうにも嫌な匂いがするから近づけなかったんだ。陰陽師の卵か」

その言葉にハッとした。

おそらく、師匠の術のおかげだ。

清澄は、千景も知らないうちにふたりを守ってくれていたのだ。

蛇女は千景を見て薄ら寒い笑みを浮かべた。

「だが、姿を見ればほんの小さな餓鬼じゃないか。お前も食べられたいのかい？」

そうして、赤く細い舌をチロチロと揺らす。

「いいよ、あたしは子供が大好物なんだ。こいつを食べたら、次はお前を食べてやろう」

勝手なことを言う化け物に、千景は腹が立ってきた。

（こいつの思い通りにさせてたまるものか）

そう考えながら、懐から呪符を取り出した。

今まで何度も鍛錬したが、一度も成功したことはない。

しかし、躊躇している暇はなかった。

自分の最善を尽くす他ない。

「急々如律令！」

叫んだ瞬間、手から雷のように光が飛びすさぶ。

火花のような物が炸裂し、女の目を直撃した。

「ぐあああああああ！」

女に一瞬の隙ができ、頼寿を捕まえていた手の力が緩む。

頼寿はその隙をつき、女の手を強く弾いて逃げ出した。

「やったぞ、千景！」

女は両手で目を庇《かば》い、大声で怨嗟《えんさ》の声を轟かす。

千景は蛇から解放された頼寿の手を、しっかりと握った。

女は怒りの形相で手を振り乱し、千景と頼寿を捕らえようと吠えた。

「待てぇ、餓鬼が！　許さんぞ、許さんぞおおおお！　このあたしの顔を傷つけて、生きて帰れると思うなよ！」

千景の攻撃は、決して致命傷に至るものではなかった。

程度でいうと、石が顔にぶつかったくらいのものだ。

千景は頼寿の手を引いて、小路を全速力で駆け出した。

頼寿は何やらわくわくした様子で、後ろを走りながら千景に向かって問いかける。

「すごいぞ、千景！　次の術はどうするのだ？」

「逃げますっ！」

「逃げるのか!?　あいつをやっつけるのではないのか!?」

「今の私の力では無理です！」

引き際を誤ってはいけない。今一番大事なのは、ふたりとも生き延びることだ。

それからふたりは、とにかく走った。

普段こんな風に全力で走る機会などなかなかない。

その場を逃げ出せば諦めてくれるのではないかと期待したが、蛇女はしつこかった。

走っても走っても、どこまでも追いかけてくる。

「待てぇ、待てぇ！　骨の髄までしゃぶり尽くしてくれる！」

背後から恐ろしい声と気配が迫り来るのを感じる。

悪行を積み重ねた死者を地獄に運ぶのが、炎に包まれた火車《かしゃ》という妖怪だと聞いたことがあるが、まさにその火車に追われている気分だった。

実際、あの蛇女にもう一度捕まれば、生きながら食われるのだ。

きっとふたりとも、地獄のような苦しみを味わうに違いない。

恐怖で足がもつれそうになる。

走り続けてとっくに身体は限界を超えているが、肺が破れたとしても足を止めるわけにはいかなかった。一歩でも足を止めれば、すぐにあの化け物に捕らえられてしまうだろう。

（誰か、誰か助けて！）

祈るように考えた千景は、ハッとする。

(そうだ、笛!)

千景は清澄に久遠を呼び出す笛を貰ったことを思い出した。

久遠はここ数日の間で、ようやく邸から出る許可を清澄に貰った。

笛を吹けば、久遠の耳に届くだろう。

久遠と蛇女、どちらが強いのかは疑問だが、少なくとも何百年も生きている久遠なら、自分よりは頼りになるだろう。それに、清澄が異変に気づいてくれるかもしれない。

千景は走りながら装束に手を差し入れ、笛を探す。

「どうしたのだ、千景。ああ、久遠を呼ぶ笛か!」

「そうです! これを使って久遠様を呼べば……あった!」

そう期待し、取り出した笛を鳴らそうとした。

だが走りながらで焦っていたせいもあり、笛はぽろりと指から滑り落ちてしまう。

「ああっ!」

笛は地面にぶつかり、飛んで行ってしまう。

引き返して笛を拾おうとするが、すぐ背後には化け物が迫っていた。

「くっ、だめだ、千景! 笛は諦めろ!」

それでも千景は未練がましく笛を見ていたが、蛇女の足に踏みつぶされ、真っ二つに割れてしまう。

頼寿は千景の腕を引いて、足を速めた。

千景は一瞬笛の残骸を見たが、後ろから恐ろしい叫び声が聞こえたのに震え、また走り出した。

ふたりとも限界を迎えようとしていたが、ようやく頼寿の邸が見え、最後の気力を振り絞って足を進める。

「こっちです、頼寿様！」

頼寿の邸の前には、清澄が術で出した牛車が待っていた。

「頼寿様、これに乗ってお師匠様の邸まで逃げましょう！」

「私の邸に籠もればよいのでは？」

「いえ、それでは関係のない人たちが食われてしまうかもしれません！　お師匠様のところへ向かうのです！」

「わかった！」

ふたりは牛車の中へと飛び乗った。

千景は式神に向かって叫ぶ。

「お願いです、できるだけ急いで逃げてくださいっ！」

式神はその言葉に承知したように、路《みち》を走り出す。

千景たちははらはらしながら、物見から後ろを覗いた。

牛車に乗ったことで諦めてくれればよいと思ったが、蛇女はしつこく牛車を追いかけてくる。

頼寿は顔をしかめて呟いた。

「あの蛇女、諦めが悪いな」

やがて牛車は清澄の邸に辿り着く。

蛇女も、待てと叫びながらずっと後を付けてきている。

ふたりは牛車から降りると、しっかりと邸の門を閉ざし、閂《かんぬき》をかけた。

その瞬間、向こう側から門に大きな物がぶつかるような激しい音が響いた。

千景と頼寿はびくりと飛び上がる。

「ひゃっ！」

頼寿は顔をしかめて門の外を睨んでいる。

「あやつ、だいぶ怒っているようだな」

何度も何度も、どんどんと叩きつける音が聞こえる。

蛇女が門を叩いているのだ。

許さん、許さんという低い声が邸の中まで届いている。

地鳴りがするほど激しく門を殴りつける音が、しばらく続いた。

頼寿が不安そうに呟く。

「あの女、門を壊してこの邸の中まで入って来たりしないだろうか？」

「だ、大丈夫です。この邸の周囲には、お師匠様が結界を張ってくれています。悪しき者は簡単に近寄れないので、あそこから入ることはできない……はずです」

そう答えたものの、千景も本心では不安で仕方なかった。

師匠の話では、弱い悪霊なら邸の周囲に近づくことはできないということだった。

だが門を破ろうとする音は、何度も続いている。

もし、あの蛇女の力が師匠の結界よりも強大だったら――。

蛇女に腕や足を食いちぎられる自分と頼寿の姿が脳裏をよぎり、ぶるりと背中が震えた。

どおん、どおんという音が轟く。

ふたりは抱き合い、ぎゅっと目をつぶってその場にうずくまった。

――しかし、突然その音が聞こえなくなった。

門を叩いていた音がやみ、ある時から嘘のようにしんと静まり返ったのだ。

あまりに急な静寂に、ふたりは思わず顔を見合わせる。

そして、声をひそめて話し合った。

「突然静かになりましたね」

「……ああ。諦めたのか？　それとも、諦めたふりをして私たちを油断させようとしているのか？」

「わかりません」

ふたりが話していると、門がぎい、と音を立て、ひとりでに開いた。

門をかけたはずの門が開いたことで、ふたりは悲鳴をあげた。

よく見れば、いつの間にかかけていたはずの閂が地面に落ちている。

「ま、まさかあいつが入ってきたのか!?」

「そんな！」

だとしたら、戦わないと。

さっき術を放てたのは、追いつめられたことでまぐれで成功しただけだ。

同じことをしようとして、再び術が放てるかどうかわからない。

しかしもしあの蛇女が攻め入って来たのだとしたら、戦う他ないのだ。

千景は懐から出した呪符を握り、覚悟を決める。

持っている呪符の数はあと数枚。これで勝てなければ、一巻の終わりだ。

「頼寿様は、御簾の中に隠れていてください」

「しかし……」

「大丈夫です。きっと、もう一度術を放ってみせます！」

そう言ってから、千景は頼寿の方へ振り返って付け加えた。

「ただし、もし私の術が失敗したら、その時は迷わず逃げてください！」

「千景、それは……！」

「わかりましたね？」

(成功する保証などない。むしろ、今度は失敗する確率の方が高いだろう。だけど刺し違えたとしても、何とか頼寿様だけは守るんだ)

そう決意して、千景は門の方向へと駆け出した。

そして門の向こうから現れる人影をねめつける。

「私が相手だ！　立ち去れ、あやかしっ！」

そう叫びながら、千景が人影に襲いかかろうとしたその時だった。

「おやおや、千景。どうしたんだい、そんなに怖い顔をして」

「えっ……」

門を開いて姿を現したのは、恐ろしい鬼ではなく――師匠の清澄だった。

千景は目を丸くして、ぽかんと口を開く。

「お、お師匠様……！　今、化け物が！　化け物が邸の外にいませんでしたか!?」

それを聞いた清澄は、にこりと微笑んで言った。

「ああ、たしかにいたよ。私の邸なのに、ずいぶん礼儀知らずな輩《やから》だったねぇ。だから、私が退治してしまったよ」

「退治……」

「だから、もう安心なさい」

清澄はぽんぽんと千景の頭を撫でる。

「よく頑張ったね、千景」

その声を聞いた瞬間、張り詰めていた気持ちが緩み、瞳からぽろぽろと涙が溢れた。

千景は清澄に抱きついて、大声で泣いた。

恐ろしいあやかしから助かったことで、頼寿の表情にも笑顔が戻って来る。

頼寿は千景の両手を握り、満面の笑みでお礼を言った。

三人で縁側に腰掛け、のんびりと話す。

いつもの昼下がりと変わらない光景で、まるで今し方まで恐ろしいあやかしに追いかけられていたのが嘘のようだった。

「それにしても、すごいじゃないか、千景！　ずっと使えなかった術を使ってあやかしを退治することができたな！」

「おや、そうなのかい？」

「そうとも！　千景は蛇女の顔に、きゅうきょにょらい？　きゅうきゅうにょにょ？とにかく、そんな術を放ったのだ！」

蛇女に襲われた時のことを思い出し、喜びよりも先に、批難するような言葉が口から出た。

「頼寿様、どうしてあんな危険なことをしたのですか!?　私が助けに行かなければ、どうなさるおつもりだったのですか？」

千景は袖を握りしめて続ける。

「私は一瞬、頼寿様を置いて、ひとりで逃げだそうと思ったのです。今まで散々鬼やあやかしを退治すると口にしていたのに、実際に目の当たりにすると、恐ろしくて」

頼寿は静かに千景の言葉に耳を傾けている。

「私は弱いのです。陰陽師として力が不足しているだけではなく、心が弱いのです。今日ほど、自らを情けないと思ったことはありません」

それから千景は深く頭を下げた。

「申し訳ありませんでした、頼寿様！」

それを見た頼寿は、何でもない様子で言った。

「やめてくれ、千景。面を上げるんだ」

「しかし……」

「謝る必要などない。千景は恐ろしいと思いながらも、結局私を助けてくれたじゃないか」

「それは、頼寿様が勇敢にあやかしに立ち向かう姿を見たからです！」

「だとしても、それは千景の勇気だ。それにもし化け物に食われてしまったのならば、その時は私の寿命はそこまでということだ」

自分の命だというのに、そんな風に簡単に割り切れるものなのか。

この人は鷹揚なのか、ただの向こう見ずなのか、どちらかよくわからない。

しかし彼の態度に、この人はもしかしたら、とんでもない大物になるかもしれないという予感を抱いた。

「もし私が食われたとしても、そのおかげで千景が助かったのなら、それでよいと思ったのだよ」

千景はふっと笑って言った。

「まったくあなたという人は……」

清澄はふたりの頭を撫でて言った。

「よく無事だったね、ふたりとも。千景、自分の弱さと向き合うことは、勇気が必要なことだ。今日の出来事で、君はひとつ成長したはずだ。その気持ちを、忘れないようにしなさい」

「はいっ！」

「またあやかしに襲われないとも限らない。帰りは牛車で送っていきましょう」

そう言って、清澄は牛車の準備をしに物置の方へと向かった。

頼寿は千景に向かって、小声で言った。

「先ほど蛇女に追いかけられたのは、実に恐ろしい経験だったな。だが、ほんの少しだけ楽しかったな」

その言葉を聞き、千景はふっと笑った。

「あなたはひとりで放っておくと、またいつ魑魅魍魎に襲われないとも限りません。頼寿様は、他人よりそういうものに好かれやすい体質なのですから」

そう言われた頼寿は口を尖らせた。

「女人に好かれやすい体質ならともかく、物の怪《け》に好かれてもちっとも嬉しくないな。損な体質に生まれたものだ」

千景は頼寿の手をしっかりと握って言う。

「頼寿様が弱きを助け、強きをくじく立派な貴人になられるのなら、私は、誰よりも素晴らしい陰陽師になってみせます。そして私の命が尽きるまで、必ずやあなたをお守りいたしましょう」

頼寿は嬉しそうに目を細め、深く頷いた。

「うむ、お前が平安一の陰陽師になるのを期待しておるぞ、千景」

千景はその時の頼寿の笑顔を、きっと一生忘れないだろうと強く思った。

＊　＊　＊

庭の草むらで、鈴虫が鳴く声がした。

千景の邸の縁側に腰掛け、頼寿は杯に酒を注いでいる。

「ほら、千景も一杯呑め」

どうやら呑みたい気分だったらしい。

千景は小さく息をはきながら、彼の隣に座った。

「明日も仕事なのに、響きますよ。そもそもあなた、あまりお酒は強くないでしょう」

「まあまあ、たまにはいいじゃないか。今日は月が綺麗だ」

こんな風に、突然頼寿がたずねてくるのも珍しいことではない。

文月《ふみづき》を迎え、日中は焼けるような日差しが続く。

だが、今日の夜風は心地良かった。

何でも、頼寿は今日御所の近くで蛇を見かけたらしい。

毒のない小さなあおだいしょうだったので、噛まれた人間もいなかったらしいが、それを聞いて千景は蛇女に襲われたことを思い出したのだ。

昔のことを考えていた千景が黙り込んだからか、頼寿は冗談めかして笑いながら言った。

「何だ、急に静かになって。もう酔ったのか？　それとも私の美しい面に見とれていたのか？　良いだろう、許可する」

「いえ、まったく違います。蛇と聞いて、蛇女に追いかけられたことを思い出しただけですよ」

そう言うと、頼寿は陽気に笑った。

「ああ、そんなこともあったなぁ。あれはお前が、初めて術を使えた日のことだろう」

「覚えていたのですね」

「もちろんだ。あんな恐ろしくて愉快な出来事、なかなか忘れられないさ」

そう言ってまた酒を呷《あお》る。

「幼い頃の頼寿様は、ご立派だったなぁと思いまして」

「私は今も立派だが？」

「今の頼寿様からは、あの頃の聡明さを感じませんね」

彼と初めて出会った時から、十年以上の時が過ぎた。

頼寿は、幼い童ではなくなった。

元服をすませ、背も伸び、見目麗しい立派な貴人に成長した。

弱々しいあやかしであれば、彼の勘の良さと心の強さなら、もしかすると自らの手で切り伏せることができるやもしれない。

千景にとってはそのことが嬉しくもあり、少し寂しくもあった。

とはいえ、今も頼寿の心根は変わっていない。

傍から見ればいつも女性にかまけて遊び回っているように見えるが、彼が人々の暮らしが良くなるよう、帝に働きかけているのを知っている。

千景は私の目にくるいはなかったのだ、と薄く微笑む。

「そういえば、先日あなたからの文が返って来ないと嘆いている姫君の噂を耳にしましたが」

そう問うと、頼寿は気まずそうに咳払いする。

「まぁなんだ。男と女には、色々複雑な事情があるのだ」

その言葉に、千景は深い溜め息を漏らす。

「いい加減あなたもふらふらしていないで、年貢を納めたらいかがですか？　貴族なら、何人も妻《めと》を娶ることは珍しくありません。ひとりに決められないのなら、何人か囲ってしまえばいいのでは？」

「随分な言い草だな、千景は。私はたったひとり、愛した人間を一生大切にしたいだけなのに」

などと嘯《うそぶ》く。

千景は酒を呷りながら言った。

「それはそれは。意外と純情なことを言うのですね」

「男など、いくつになっても童のようなものさ」

カラカラと笑った後、頼寿は真面目な声音で言った。

「なんなら千景が私と結婚してみるか？」

突拍子もない言葉に、思わず呑んでいた酒を吐き出しそうになる。

「はあ？　何を仰っているのですか？　もう酔ってしまったのですか？」

また冗談を言っているのだろうと思ったが、頼寿の表情が思いの他真剣で、ついたじろぐ。

「千景は少し口うるさいが美しく聡明だし、何より悪霊が出たら祓ってもらえる。存外悪くない提案だろう？」

「まったくあなたという人は……いつもわけのわからない冗談ばかり口にして」

頼寿は高らかに笑った。

「何だ、もしかして拗《す》ねてしまったのか？」

千景はやれやれと思いながら視線を逸らす。

すると、草むらで何か小さな光が揺らめくのを見つけた。

一瞬亡霊かあやかしの類いかと思い、目を懲《こ》らす。

しかしよく見ると、それはただの蛍だった。

（ああ、なんだ、蛍か。いつもあやかしのことを考えているせいで、また霊かと思ってしまった）

邸に小さな池があるせいか、こんなところにも蛍がいるらしい。

千景と同じように草むらに視線を向けた頼寿が、やわらかく微笑む。

「おや、蛍だ。これはいいな。風情がある」

「たしかに。そうだ、せっかくですから、あなたの笛を聞かせてください」

千景がそう頼むと、頼寿は快くその提案を引き受けた。

「いいだろう」

頼寿はすっと立ち上がり、笛を奏でた。

夜の闇の中、蛍が彼の足元を飛び交う。

幽玄な立ち姿と、頼寿の奏でる笛の音色は相変わらず雅やかで文句のつけようもない。

千景は目蓋を閉じ、美しい笛の音に耳を傾けた。

三章　小さき女童

神無月《かんなづき》のある日。早朝のことだった。

頼寿が、珍しく焦った様子で千景の邸に飛び込んで来た。


「おい、千景。頼寿がお前を呼んでおるぞ」

頭上から、久遠の声が聞こえる。

久遠はやわらかい肉球で、千景の頬を何度かふにふにと押した。

声をかけられた千景は、寝床で目を擦《こす》った。

「頼寿様が？」

起き上がって外を見ると、まだ朝陽が昇っておらず空は仄暗《ほのぐら》かった。

（こんなに朝早くから、いったいどうしたというのだろう。まぁあの人の行動が唐突なのは、今に始まったことではないが）

千景は眠気の残る顔を冷水で洗い、装束を身につけ、庇《ひさし》の間で頼寿を出迎える。

久遠が案内してくれたらしく、頼寿は深刻な表情で千景のことを待っていた。

「今日はどうなさったのですか、頼寿様。こんなに朝早くから。というか、そろそろ出仕する時間では？」

平安貴族の朝は早い。

一日の始まりは、陰陽寮から響く太鼓の音からだ。

太鼓の音が鳴るのは季節によっても違うが、だいたい日の出前。朝の四時半から六時半くらいだ。

だが、今日はそれよりも早く頼寿が現れた。

いつものらりくらりとした様子の彼にしては珍しく、未だかつて見たことがないような深刻な表情だ。

「何か……ただごとではない雰囲気ですね」

内裏での仕事中でさえ、頼寿がここまで真剣な様子になるのを目にしたことはない。

千景は頼寿の向かいに腰を下ろす。

「大変なことが起きたのだ」

その言葉に、千景はごくりと唾をのむ。

「これを見てくれ」

そう言って、頼寿は懐から硯箱《すずり》を取り出した。

貴族はよく文を書く。

何かあれば手紙でやりとりすることが常だから、いつでも文や和歌を書けるように、硯箱を持ち歩いているのだ。

だから頼寿が硯箱を持っていること自体はおかしなことではないが――。

「この中ですか？」

問いかけると、頼寿はやはり神妙な表情で頷いた。

千景はいぶかしみながら、そっとその箱を開く。すると、中からふわりと花の香りがした。この香りはどこかでかいだ覚えがあるという千景の思考は、それが見えた瞬間に消し飛んだ。

なんと箱の中には、女童が座っていたのだ。

千景は思わず息をのむ。

それも、ただの女童ではない。

大きさが三寸ほど、掌に収まるくらいの、まるで人形のような小さな娘だ。

漆黒の美しい髪が、腰の辺りまで伸びている。

色白で目は切れ長、ふっくらとした頬はかわいらしい。幼いが、しっかりと白い汗衫《かざみ》姿である。

最初は人形かと思った。

しかしその女童は千景と目が合うと、嬉しそうににこりと微笑んだ。

そして小さく頭を揺らし、硯箱の上で居住まいを正した。

彼女の笑顔はたいそう愛嬌があり、思わず千景も微笑み返してしまいそうになった。

だがこの小さき人が自分の意志を持って生きているのだとわかって、千景は目を瞬いた。

「頼寿様、この女童は、いったいどうしたのですか？」

頼寿が狼狽えた様子で、女童を指差した。

「朝目覚めると、なぜか私の装束の中にこの女童がいたのだ！」

千景は頭に手を当て、ふうと溜め息をついた。

「頼寿様……。いつかこうなると思っていましたが、ついに童を作ったのですね。いったいどちらの姫君の子ですか？」

頼寿が焦った様子で叫ぶ。

「千景にはこれが私の子に見えているのか!?」

「冗談ですよ」

「お前の冗談はわかり辛いっ！」

そう言って懐から取り出した檜扇を打ち鳴らす。

怒られてしまった。

千景もさすがに、これが人間の子供とは思ってはいない。

頼寿は弱り切った様子で千景を見つめる。

「とにかくどうすればよいのかわからず、魑魅魍魎の類いなら千景に相談するしかないと思い、お前の元を訪れたのだ」

女童は相変わらずにこにこと微笑んだまま、ふたりを見ている。

千景は女童を観察しながら問いかけた。

「身に覚えはないのですか？」

「どう考えても普通の人間の子ではないし、身に覚えなどない」

「まったくないということはないでしょう。今業平のあなたが」

頼寿は誤魔化すように咳払いをし、檜扇を口元に当て、おそるおそる女童に問いかけた。

「お主、いったい何者だ？」

頼寿の声を聞き、女童は小さく首を傾げた。

ぱくぱくと唇を動かし、何事かを話している。

だが、その言葉がどうも聞き取れない。

「うむ？　これは、何と言っているのだ？」

千景も女童の言葉に耳を傾ける。

「どうやら、私たちの話している言葉とは違う種類の言葉のようですね」

「異国の言葉か？」

「いえ、そういうわけではなく。人語ではないのだと思います。あやかしの言葉、とでも言うべきでしょうか」

「ふむ。千景にもわからないのか？」

「はい、残念ながら」

頼寿は彼女の言葉を聞き取ろうと、女童に顔を近づける。

女童の方も頼寿に近づこうと、蛙のように箱からぴょんと飛び跳ねた。

すると頼寿は叫び声をあげておののき、後ろに飛びすさる。

「ひいいいいいい、千景、そやつ私に襲いかかってきたぞ！」

千景は女童を掌で受け止めた。

「襲いかかったというよりは、ただじゃれているだけだと思いますが……」

思っていた以上に元気があるらしい。

頼寿本人は真剣なのだろうが、小さな女童に怯えている彼の姿は少し面白かった。

女童は頼寿のことが好ましいらしく、ぴょんぴょん飛び跳ねながら頼寿の肩に飛び乗ろうとしている。

千景はしげしげとその女童を観察した。

（こうして見ていると、本当に小さいだけで、普通の女童と変わらないな）

頼寿は触れるのも恐ろしいという様子で、女童の汗衫を指先でつまみ上げた。

女童は自分の身体が宙でふらふらと揺れるのが嬉しかったらしく、楽しげに笑った。

「奇っ怪な生き物だ……」

頼寿は彼女をぽいと硯箱に入れ直して、蓋を閉ざした。

「頼寿様、どうなさるおつもりですか？　手に余るようでしたら、私が引き受けますが」

「う――――む」

頼寿は柳眉をしかめて箱を見つめる。

女童は箱の中で動いているらしく、時折箱がカタカタと小さく振動している。

「千景、この女童は悪霊か？」

千景はじっと硯箱を見た。

「……いえ、呪術などの悪い気は感じませんね」

人間ではないのはたしかだが、かといって頼寿に害を為す存在でもないようだ。

それを聞いた頼寿は、低い声で唸った。

「そうか。ならば、少し安心したな。とりあえず、しばらく様子を見てみようと思う」

その言葉に、千景も頷いた。

「わかりました。何かあったら、いつでも私をお呼びください」

「ああ、頼むぞ」

そんなこんなで、しばらく頼寿は女童と一緒に過ごすことにしたようだ。

千景は邸を出て牛車で帰っていく頼寿を見送りながら、大丈夫だろうかと不安な心持ちになった。

＊　＊　＊

自分の邸に戻った頼寿は、女童に真剣な表情で言い聞かせた。

「私はそろそろ内裏に向かわなくてはならないのだ。あの場所は、帝のおわす神聖な場所だ。だから、お前もその箱を決して飛び出してはいけない。それを守れるなら、一緒に連れて行ってやってもいい。どうだ、約束を守れるか？」

そう問いかけると、女童は頼寿の言っていることをきちんと理解しているように、うんうんと真剣な表情で頷いて、何か話した。

しかし、相変わらず少女の言葉は何を言っているかわからない。

わからないが、どうやら聞き分けはよいらしい。

「ふむ、理解したか。ならば参るぞ」

そう言って硯箱を差し出すと、女童は機嫌がよさそうに自ら箱に飛び込んだ。

(ふむ、やはり意思疎通はできるようだ)

頼寿は硯箱を持って牛車に乗り込んだ。

牛車は緩やかに、揺れながら進んで行く。

車の中で、頼寿はまたそっと硯箱の蓋を開けて、小声で言った。

「お主は……えぇと、呼び名がないのも不便だな。名はないのか？」

そう問いかけると彼女は何かを訴えようと、喋りながら両手を大きく動かした。

両手を頭の上から真横に広げ、何かが広がるような動作だが、何と伝えたいのかわからない。

頼寿が困惑していると、彼女は硯箱にある一枚の和紙を指さした。

「何だ、この和紙がどうかしたか？」

女童は何かを必死に訴えている。

頼寿は和紙を手に取り、まじまじと見つめた。

「ふむ、この和紙の色か？」

頼寿がそうたずねると、女童はパッと明るい表情になり、何度も頷いた。

女童が選んだのは、少し赤みを帯びた鮮やかな黄色い和紙だ。

「山吹《やまぶき》色。お前の名前は、もしや山吹か？」

そう問うと、女童は目をきゅっとつぶり、また言葉を発した。

「どうやら間違っているようだな……。だが私はお前の言葉がわからないからなぁ。仮の名で呼ばせてくれ。山吹という名は気に入らないか？」

頼寿がそう問うと、女童は黄色の和紙をぎゅっと抱き締め、にこりと微笑む。

「そうか、気に入ったか？　それなら私はお前を山吹と呼ぼう」

頼寿がそう告げると、山吹はさらに目を細める。

その様子を見て、頼寿はふっとやわらかい笑みを浮かべた。

＊　＊　＊

千景は陰陽寮にいても、一日中あの不思議な女童のことで頭がいっぱいだった。

都の近くに現れるという魑魅魍魎の情報をまとめながら、つい女童のことを考えてしまう。

（あの女童は、いったい何者なのか）

「どうしたのですか。何か心配事でもありましたか？」

ぼんやりしていた千景は、横から声をかけられていたことに気づき、はっとして彼の方を向く。

「申し訳ありません。考え事をしていました」

千景がそう答えると、横にいた陰陽師はおかしそうに笑った。

「あなたが仕事中に考え事をするなど、珍しい。おおかたまた、頭中将様のことでしょう」

「お恥ずかしい。たしかにその通りです」

千景が悩んでいる原因があったとすれば、たいてい頼寿のせいだ。

千景と親しい人間なら、だいたいそのことを把握している。

「本当に、おふたりは仲がよろしいのですね」

「仲がいいと言いますか……。彼はいつも問題事を持ち込んでくるので、手を焼いています」

それを聞いた陰陽師は、また楽しそうに笑う。

「でも、迷惑ではないという表情ですね」

「はぁ……」

たしかにその通りだった。

頼寿はいつも千景を問題に巻き込むが、不思議と嫌な気持ちになったことはなかった。幼い頃に、彼を守ると誓ったからか。それとも頼寿の人柄のせいなのかはわからない。


(今日はあまり身が入らなかったな。しっかりしなくては)

一日の仕事を終え、廊を歩きながら千景は女童のことを考える。

彼女から、悪い気は感じなかった。

誰かが呪術などを用いたのとは違うだろう。

(だが、どこかで彼女に近い者を見たような、そんな雰囲気があるのだ。どこだっただろう、あれは)

いつも通っているこの内裏で、たしかに彼女に似た物をいつも目にしている、そんな感じがあるのに。それが何かが思い出せなくて、喉に小骨が刺さったような心持ちだ。

もうすぐ答えが出かかっているのにと歯がゆさを感じる。

もやもやと考えながら階を歩いていた千景は、庭を通りがかり、思わず声をあげた。

「あっ！」

それを見た瞬間、千景は女童の正体をつかんだのだ。

千景は頼寿のことが気に掛かったので、彼の邸に寄ることにした。

部屋に通された千景は頼寿に問う。

「頼寿様。その後、いかがですか」

頼寿は朝とは打って変わって、機嫌がよさそうな様子で笑っていた。

「ああ、変わりないよ。山吹も元気だ」

その言葉に、千景はぴくりと眉を寄せる。

「山吹というのは、その女童の名ですか？」

「そうだ」

「名前を付けたのですか」

「ああ。呼び名がないと、不便だからな」

千景は苦い表情を浮かべる。

「ずいぶん親しくなったのですね」

「うむ、そうなのだ。最初は奇妙で恐ろしかったが、側にいるうちに、不思議なことに愛着が湧いてきたのだ。ほら、今もこうやって、私の粥《かゆ》を一緒に食べるのだ。なかなか愛らしいだろう」

言われて見れば、山吹と呼ばれた女童は、食事中だった。

懐紙を折りたたんで作ったらしい小さな匙《さじ》を使い、器用に粥を食べている。

「それとな、女房に頼んで折り紙で鶴や紙風船を作ってもらったんだ。これがまた、山吹が遊ぶのにちょうどよい大きさなんだ」

そう言って、頼寿は楽しげに笑う。

彼の言った通り、山吹の近くに数羽の鶴と紙風船があった。

折り鶴は山吹が乗って遊ぶのによいようだ。

「そうだ、たしか姉上が昔、雛遊びに使っていた人形や家具がどこかにしまってあるはずだ。後で女房に探してもらうか。山吹が使えるかもしれないな」

などと楽しげに話している。

たしかにこうして小さき者がちょこちょこと食事をしたり遊んだりしている姿は、かわいらしく思える。

「いい歳になって、人形遊びですか」

千景がそう告げると、頼寿はくっくっと笑う。

「私が遊ぶのではない。山吹が遊ぶのだ。女童は、人形遊びが好きだろう？」

この邸に来る前から言うことは決まっていたのに、その決心が揺らぎそうになる。

頼寿は涼しげな雰囲気から薄情に見られることも多いが、存外情に厚い男だ。

捨てられている猫を見つけると邸に連れて帰ろうとするし、実際幼い頃に猫を拾って育てていたことがあったのを思い出した。

(久遠様がうちにいるのを羨《うらや》んで、頼寿様は自分も何か生き物を愛《め》でたいと言った時があった。そして頼寿様は、雨に打たれて震えている子猫を拾ったのだったな)

猫を拾い、大切に育てていた、幼い頃の頼寿の姿を思い浮かべる。

(あの猫は、結局どうなったのだったっけ。ああそうだたしか、首に結んでいたあや紐が解けた時に、どこかへ逃げ出してしまったのだ)

千景は心苦しいと思いながらも、頼寿に向かって姿勢を正した。

「頼寿様に伝えたいことがあって、馳せ参じました」

「何だ、千景。改まった様子で」

千景は重い口を開いて進言した。

「……率直に申し上げます。この女童は、おそらく長く生きることはできないでしょう。ですから頼寿様、あまり情を抱くのはよくないです」

頼寿は、しばらくの間黙って千景の顔を見ていた。

近くにいた山吹も、わかっているのかいないのか、きょとんとした表情で千景と頼寿を見比べている。

しかし、その言葉に頼寿はすっかり腹を立ててしまったらしい。

形のよい眉が上向きになり、鋭い瞳で千景を睨みつける。

「いくら千景であっても、言っていいことと悪いことがあるぞ！　本人を目の前に、何という言い草だ！」

頼寿が激昂《げきこう》するのも無理はない。

かわいがって面倒を見ている女童の命が短いと言われれば、怒って当然だ。

「頼寿様……。しかし、事実なのです。だからそうなる前に、私の元にこの女童を預けられた方が……」

「千景に預けたら、山吹はどうなるのだ？　まさか、消し去ってしまうというのか？」

「いえ、そんなことをするつもりはありません。最期の時まで、私が責任を持って……」

「どうしてそんなことを言うのだ!?」

千景が言葉を挟もうとするが、頼寿は怒り心頭という様子だ。

「一寸の虫にも五分の魂だ。山吹は、私やお前と等しい命を持っている！」

たしかに頼寿の言うことは正論だった。

頼寿は山吹を庇うように、両手で彼女を包んだ。

山吹は嬉しそうに、その手の上へとぴょんと飛び乗る。

たった一日で、すっかり頼寿に懐いてしまったようだ。そうしている様子は、まるで本当の父親と娘のように見えた。

頼寿は千景から山吹を隠すかのように後ずさった。

「千景とはもう絶縁だ。しばらくはお前の顔など見たくないぞ！」

「しかし、頼寿様……！」

事情を説明しようとしたが、聞く耳を持ってもらえない。

「千景、今日は帰ってくれ」

「ですが……」

結局怒った頼寿によって、千景は追い出されてしまった。

従者によって門の外まで出された千景は、溜め息をつきながら頼寿の邸宅を振り返る。

「まったく、あの人はいくつになっても童のようなことを言うのだから！」

(とはいえ私は私で、もう少し言い方を考えた方がよかったな。頼寿様が怒るのも無理はないか)

こうなっては、しばらく放っておくしかない。

頼寿は昔からなかなか怒らないが、一度怒ると意外としつこいのだ。

千景はその日は諦めて辞すことにした。

翌日、千景は内裏の廊で偶然頼寿とすれ違った。

「頼寿様……」

千景は声をかけるが、頼寿は不機嫌そうにそっぽを向いて、さっさと歩いて行ってしまった。

（いつもだったら、忙しいと言ってもあちらからしつこく言い寄ってくるくせに）

そう思うと、千景は少し腹が立った。

たしかに自分の言い方も悪かった。だが、あそこまで腹を立てることもないだろうに。

「まったく、本当にどっちが童なのだか」

彼の背中を見送りながら、嘆息する。

（長年の付き合いの私より、あの女童の方が大切だとでも言うのだろうか）

そう考えると、少し寂しい気持ちになった。

＊　＊　＊

頼寿は仕事中も装束の中に入れて、常に山吹を持ち歩いていた。

慣れない女童との生活に手を焼くこともあるが、懐いてくる山吹のことを、我が子のように愛らしく思っていた。

内裏にいる間は、他の人間の目が気になり、山吹を表に出すことはできない。

邸の自分の部屋に戻ってきて、頼寿はほっと安堵した。

装束から山吹を取り出し、畳の上に座らせる。

「すまなかったな。窮屈《きゅうくつ》だっただろう。山吹がよいなら、この邸で待っていてもよいのだぞ？」

そう話すが、山吹は頼寿の側を離れようとしなかった。

指で山吹の頭を撫でながら、ぽつりと呟いた。

「とはいえ、千景の話をきちんと聞いてやればよかったな。千景はいつも、私のためを思ってくれているのだから」

頼寿が山吹に愛着を持っている理由は、ただ愛らしいからだけではなかった。

山吹の面が、幼い頃の千景の顔立ちに少し似ているからでもあった。

ふっくらとした頬と、優しい目が、幼い頃の千景を想起させた。

だからこそ、よりによってその千景に、山吹の命が短いと言われて悲しかったのだ。

考え事をしていたのに気づいたのか、山吹は心配そうな表情で頼寿の袖を引く。

「む、すまぬな。心配させてしまったか？」

頼寿は笑顔を作り、畳の上にあった折り紙を差し出した。

「折り紙で遊ぶか？　独楽や雛人形もあるが、お前の大きさでは遊ぶのは難しいかもしれないな」

しかし、山吹は独楽に興味を示したようだ。

「これで遊びたいのか？」

そうたずねると、こくこくと頷いた。

そこで頼寿は、試しに独楽の上に山吹を乗せてみる。

彼女はしっかりと軸の部分に両手でつかまった。

山吹は期待するように瞳を輝かせる。

「回して欲しいのか？」

山吹はまた何度か頷いた。

「危ないのではないか？　いいか、しっかり軸につかまっているのだぞ？」

そう言って、頼寿がくるりと控えめに独楽を回すと、山吹は独楽につかまったままぐるぐると回る。

それが楽しかったらしく、きゃっきゃとはしゃいだ声を出す。

独楽が回り終わった後、もっともっとと言うように軸を叩いた。

「ふむ、もう一度回すぞ」

そう言って独楽をひねると、またくるくると回る。

しかし勢い良く回転する独楽から、小さな山吹の身体はぽんと振り落とされてしまった。

「おっと、危ないな」

頼寿は咄嗟に掌で山吹の身体を受け止める。

「ほら、だから危ないと言っただろう？」

しかし山吹は勢いよく独楽から飛んだことが面白かったらしく、掌から飛び降り、また独楽に乗ろうとする。

「ははは、思っていたよりずいぶんおてんばだな、お前は」

にこりと微笑んだ山吹の表情は、やはり幼い頃の千景に重なって見えた。

＊＊＊

「わっ！」

耳元で突然声をあげられた千景は、びくりと肩を揺らした。

驚いて目を瞬かせると、久遠が目の前に立っていた。

「ああ、久遠様でしたか」

「そうじゃ。さっきから、全然進んでおらんが。起きておるのか？」

そう言われ、千景は手元に目線を送る。

自分の邸に帰宅し、自室で書物を読んでいたが、考え事をしていたため、まったく捗《はかど》らなかった。

呆然と虚空を見つめながら固まっている千景の姿が、久遠からすると奇妙だったのだろう。

「眠いのなら、もう寝る支度をしたらどうじゃ？　わしはもう寝るぞー」

千景は書物を閉じて、文机の上に置いた。

「そうします。ここ数日の私は、本当にだめですね」

「どうした、千景。お主、もともと覇気のない顔じゃが、最近よりいっそう覇気がないのぅ」

「いえ、少し気がかりなことがあるだけです」

千景は畳から立ち上がり、縁側に立って空を眺める。

夜空に浮かぶ月を見上げ、千景はぽつりと呟いた。

「そろそろ頃合いか……」

＊＊＊

それから数日経った、ある日の晩のことだった。

「山吹、そろそろ眠るか」

頼寿が声をかけるが、返事がない。

いつもなら頼寿が呼べば、山吹は相変わらず何語かはわからない言葉で、喜んで声を発するのに。

「山吹？」

頼寿が彼女を探すと、雛遊びで使う小さな人形用の邸の中で、山吹が倒れているのを発見した。

「おい、どうしたのだ!?　しっかりしろ！」

頼寿が声をかけると彼女は起き上がろうとしたが、力が入らないのか再び畳の上に崩れ落ちる。まるで高熱でも出したような様子だ。

千景の「長くは生きられない」という言葉が蘇り、頼寿は青ざめる。

頼寿は山吹を大切に絹織物で包んだ。

「しっかりしろ、すぐにお前を治してやるからな！」

頼寿は牛車に飛び乗り、千景の邸へと急いだ。


千景の邸に到着すると、頼寿は牛車を飛び降り、邸の扉を何度も叩いた。

「千景、千景！　私だ！　お願いだ、助けてくれ！」

その声を聞き、中から久遠と千景が現れる。

「どうしたのですか、頼寿様。私とは絶縁したのではなかったのですか」

千景は口ではそう言ったが、頼寿の焦りようはただ事ではない。冗談を言っている暇はないようだ。

それに、彼の用件は聞く前からわかっているような気がした。

頼寿は必死な様子で千景に頼み込んだ。

「山吹が倒れてしまったのだ！　まるで流行病でも患《わずら》ったような、苦しそうな様子だ。お願いだ、千景、何とかしてくれ！」

「落ち着いてください、頼寿様」

「それとも、典薬寮《てんやくりょう》の者を呼んだ方がいいか!?」

典薬寮とは、宮内省に属する医療・調薬を担当する部署だ。医師や針師などで構成されている。

千景はその言葉を聞き、首を横に振る。

「いえ、その必要はありません」

「しかし……！」

「とにかく中に入ってください。彼女の様子を見ましょう」


邸に入ると、千景は織物を開き、畳の上に山吹を寝かせる。

山吹のその姿は、たしかに重い病を患っているようだった。

苦しそうな様子で横になり、細い息をはきながらぐったりしている。顔色は青白く、すっかり弱っている様子だ。

千景は沈痛な面持ちで、頼寿と山吹を見比べる。

(こうなることがわかっていたから、頼寿様の元に女童を置いておきたくはなかったのだ)

千景はそう考えながら、目を伏せる。

「……おそらく、寿命なのでしょう」

頼寿は目を見開き、必死に訴えた。

「そんなことがあるか！　まだこんなに幼い女童だぞ!?　これから大人になり、平安一美しく成長するはずだ！」

頼寿の悲しげな顔を見て、千景の胸も痛む。

たしかに、そうだろう。

この女童が普通の人間の子であれば、きっと成長すれば、都でも一、二を争う美姫になったかもしれない。

だが、この女童は人間ではない。

千景はつとめて穏やかな声で言った。

「聞いてください、頼寿様」

頼寿は複雑な面持ちで、それでも黙ってじっと千景の言葉を待っている。

「この女童は、菊の花の精霊です」

「菊の……花？」

「はい。この数日で、菊の花に関わったことはありませんか？」

思い当たることがあったのか、彼はハッとした様子で口を開いた。

「そういえば……」

内裏にはいつも、見事な花々が咲き誇っている。

平安京の人々は、菊の花を愛している。

実際、菊の花を題材にした和歌も、数多く詠まれてきた。

「この間、枯れそうになっていた菊を見つけたが……」

頼寿が内裏の簀子縁《すのこえん》を歩いていた時、庭にある菊の花が目に入ったのだという。

そこで、萎《しお》れかけた菊の花を見つけた。

菊の時期はそろそろ終わる。

仕方のないことといえど、枯れそうになっていた菊の花を気の毒だと思い、頼寿は気まぐれで別の場所に移し替えたのだ。

結果として日当たりのよい場所に移り、枯れそうになっていた菊の花は、彼のおかげで最後まで満開に咲くことができた。

そう話し終えた頼寿は、千景と山吹を見比べた。

「そんな、まさか……ではあの菊の花が、山吹だと言うのか？」

千景は静かに頷いた。

「この女童は、きっと命が尽きる前に、あなたにお礼を伝えたかったのでしょう」

頼寿は彼女に名を聞いた時、両手を広げて何かを訴えていたことを思い出す。

「今思えば、あの様子は自分が菊の花だと伝えようとしていたのか……」

頼寿は山吹を手の上に乗せ、もう片方の手で彼女の頭を優しく撫でる。

「そうか、山吹の花ではなく……。お前はあの、美しい菊の花だったのだな」

その声を聞いた山吹は、苦しそうに息をはきながら、小さく頷いた。

山吹は、頼寿に向かって何か言葉を発する。

その声は、今にも消え入りそうだった。

相変わらず不思議な響きで、彼女の言葉の意味はわからない。

それでも、頼寿は山吹がたしかに「ありがとう」と言ったように感じた。

「礼などいらん。ただ私は、お前が生きていてくれれば、それでよかったのに……」

頼寿と視線が合うと、山吹は目を細めて優しく微笑んだ。

そして頼寿の人差し指に、自分の頬をすり寄せる。

彼女を見ていた頼寿の瞳に、涙が浮かぶ。

感謝を伝えた山吹は、蛍のような、淡く眩い輝きに包まれた。

「山吹！　待て！　逝かないでくれ」

頼寿は、彼女を引き止めようとする。

山吹も必死に頼寿につかまろうと、小さな手を伸ばした。

しかし、彼女の身体は光で見えなくなって——やがて、消えてしまった。

頼寿の手の中には、菊の花びらだけが数枚残った。

ふたりの様子をじっと見守っていた千景は、頼寿を案じながら言う。

「あなたに感謝を伝えたいという心残りが消え、彼女の未練がなくなったのでしょう」

「そうか……」

頼寿はしばらく黙ったまま、ただただ自分の掌に残った菊の花びらを眺めていた。

＊　＊　＊

山吹が消えてしまった後、頼寿はしばらく気落ちした様子だった。

いつも口から先に生まれてきたのかと思うくらい余計なことしか言わない彼が落ち込

んでいる様子は、千景にとっても胸が痛んだ。

　宮中の女人たちも、そんな頼寿の様子に目ざとく気づいているようだった。

「頭中将様、最近元気がありませんわね」

「本当に。どうなさったのかしら。病ではないようですが」

「でも、そんな物憂げな様子が一段と妖艶ね」

「わかりますわ！　いったいどんな姫君との別れがあったのでしょう」

　などと、密やかに噂されていた。

　その様子を見て、千景は深い溜め息をついた。


　その日、千景は頼寿の邸を訪れた。

「千景か。どうした？」

「いえ、とくに何か用があるわけではないのですが」

　頼寿は笑顔だったが、無理に笑っているようで少し痛ましい。

　その気持ちが伝わったのか、頼寿は眉を下げる。

「私が落ち込んでいるから、心配してくれたのだろう。すまないな」

「いえ……あの、酒を持ってきたのです。お師匠様に貰った物で」

「おお、それはいいな。さっそく呑もうじゃないか」

ふたりは縁側に座り、酒を呑みながら話すことにした。

空には半分に欠けた月が浮かんでいる。

千景は頼寿の隣に腰掛け、月を眺めながら言う。

「頼寿様、あまり気を落とさないでください。在原業平の歌に、こんな歌があるでしょう」

そう言って、千景は和歌を一首詠んだ。

植ゑし植ゑば　秋なき時や　咲かざらむ
花こそ散らめ　根さへ枯れめや

真心を込めて植えた花ならば、秋のない年には咲かないであろう。だが、秋がない年などないので、毎年美しく咲いてくれるだろう。花こそ散るとしても、根まで枯れることはない、という意味だ。

その歌を聞いた頼寿は、悲しげな面に笑みを浮かべた。

「そうだな。きっとあの菊の花の根が残っているなら、またいつかの秋に、山吹に会えるかもしれない」

「ええ、きっといつか会えます」

頼寿に笑顔が戻り、千景はほっと息をつく。

「でも、意外でした。頼寿様が、あんなに女童をかわいがるとは」

それを聞いた頼寿は、苦笑しながら呟いた。

「たしかに、今まであまり女童と接する機会がなかったからな。だが、一番の理由は、お前に似ていたからだろう」

「え？　私に、ですか？」

「ああ。山吹は、幼い頃の千景に面が似ていただろう？」

「そ、そうでしょうか？」

千景は童だった頃の自分の顔を思い出そうとする。

だが、あの愛らしい女童と似ているとはどうしても思えなかった。

「そんなこと、ちっとも考えつきませんでした」

「私は山吹を初めて見た時から、そう思っていたよ。だからかな。妙に愛着が湧いたのだ」

「そう、だったのですか」

それを聞いた千景は、なんだか気恥ずかしい気持ちになる。

平安時代には、残菊《ざんぎく》の宴《えん》という行事がある。

宮中で咲き残った最後の菊の花を眺めながら、詩歌を詠み、酒を呑む宴だ。

頼寿は、優しい声で囁いた。

「今宮中で咲いている菊の花にも。菊だけでなく、他の花にも。山吹と同じように、ひとつひとつに魂が宿っているのかもしれないな」

その言葉に、千景は深く頷いて目を伏せる。

「ええ、そうですね。きっとそうです」

そう考えると、すべての命を慈《いつく》しみたくなった。

花も人も、どんな生き物も、いつかやがて朽ちてゆく。

だからこそ、美しい。

ふたりは月夜を眺め、枯れ行く花に思いを馳せながら、酒を酌み交わした。

四章　嘆く女

「千景、千景」

千景が仕事を終え、帰宅しようとしていた時だった。

なにやら千景を待ち伏せしていたらしい頼寿に呼び止められる。

「頼寿様。どうなさいましたか？」

「少し話を聞いてほしいのだ」

頼寿がそう言うので、近くの空き部屋で話をすることにした。

御簾のかけられた部屋の中で、頼寿は檜扇を軽く扇ぎながら話を始める。

「実は私の知人の広幡《ひろはた》という男なのだが、彼の別荘に、美しい女性の絵があるらしくてな」

その話を聞き、千景は眉を寄せた。

「現実の女人だけではなく、ついに絵にまで執心するようになったのですか？　そういう話でしたら、私は遠慮いたします」

そう言って立とうとする千景を引き止める。

「まあまあ、続きを聞いてくれ。大事なのはここからだ。何でもその女が、絵の中から抜け出して、ひとりでに動き出し、夜な夜な涙を流すらしいのだ」

その話に、千景は目を瞬いた。

悔しいが、陰陽師としては少し気になる話だ。

「絵の女人が、実際に出てくると言うのですか？」

千景が食いついたのが嬉しかったらしく、頼寿はにやりと笑いながら続ける。

「そうだ。しかもその女の身体は、水に濡れているらしく。邸の主人が朝起きると、彼女の立っていたらしき場所に、水が滴り落ちた跡が残っていると言うのだ。どうだ？奇っ怪な話だと思わんか？」

千景は低い声で唸った。

「それはまぁ、たしかに」

「それで、絵の持ち主もたいそう気味悪がっていてな。もし千景の気が向くのなら、祓いに行ってやったらどうだ？」

千景はふむ、と腕を組むが、頼寿の態度が気になった。

「頼寿様、何だか他人事でございますね」

そうたずねると、頼寿はぱたぱたと檜扇を扇ぐ。

「まぁ別に、私も広幡とそれほど親しいというほどでもないのだ。正直、好きか嫌いかで言うと好きではない部類の人間だしな」

「そうなのですか？」

「ああ。どうにも軽薄で、立場が上の者にはへこへこしているが、下の者には当たりが強い。取るに足らない小物だ」

ばっさりとした物言いだ。

なるほど、本当に噂を耳にしただけで、別に積極的に助けたいというわけでもないらしい。

「……その方が困っているのでしたら、私はかまいませんが。しかし広幡殿と言えば、名のある貴族ですよね。それほどのお方でしたら、ご自身の周囲にも、親しい陰陽師がおられると思うのですが」

頼寿もそのことは疑問に思っていたようだ。

「たしかに、それは私も妙だと思っていたのだ。まぁ親しい陰陽師に最初頼んだが、何か事情があって断られたのかもしれん。もしくは、親しい陰陽師には頼めない事情があるのか……」

頼寿と千景は、無言で互いの顔を見やる。

広幡本人に話を通したところ、陰陽寮の陰陽師が来てくれるのならぜひにと、喜んで招待してくれることになった。

そこで頼寿と千景は広幡の別荘を訪れることになった。

牛車に揺られながら、のんびりと西郊《せいこう》への道を進む。

「何だかんだ言って、付き合いがいいな千景は」

「まあ、困っている人を助けるのが陰陽師の役目ですから」

「とはいえ、今回の依頼は宮中の出来事ではないから、報酬も出ないのだぞ？」

そうなのだ。千景は陰陽寮に所属する官人陰陽師なので、普段の依頼であれば褒美として禄《ろく》、つまり現物支給の布などが貰える。

だが民間の依頼となると、そうはいかない。

「もちろん、それは承知の上です」

「では、代わりに私が何か褒美をやろうか？　欲しい物はあるか？」

「童相手のようなことを言わないでください」


広幡の別荘は豪華な造りだった。

寝殿造の広々とした邸の至るところに、煌びやかな装飾品が置かれている。

広幡は顔立ちの整った、二十代の男性だった。

（なるほど、女性に好かれそうな面をしている。たしか、頼寿様が彼には妻と子もいる

と言っていたな）

だがどこか胡散臭《うさんくさ》いというか、信用のおけない雰囲気がある。

（彼を見てそんな風に思ってしまうのは、頼寿様から目上の者には弱いが、下に思っている人間には横柄だという話を聞いたからだろうか。決めつけは良くないが……）

広幡は千景たちの姿を見ると頭を下げ、すぐに中へと案内する。

「まさか本当に頭中将様と陰陽師殿に来ていただけるとは」

広幡は千景の顔を見て、愛想笑いを浮かべる。

「陰陽師殿も、九条家の太郎君《たろうぎみ》とお伺いしましたが」

太郎君とは、長男のことを意味する。

千景はむすっとした表情で言った。

「そのことが、今回の絵のことと関係あるのですか？」

「いえいえ、そういうわけでは……」

「でしたらさっそくですが、問題の絵を見せていただけますか？」

「はい、こちらにあります。好きなだけ見てください」

広幡は、ふたりを母屋《おもや》の一室へ案内した。

その部屋には金色の屏風《びょうぶ》絵があり、そこには美しい姫君が数人描かれている。

「これがその屏風絵ですか」

「その通りです」

どうやら絵の女は、夜中に動き出すようだ。

千景はじっと屏風の中の女を見る。

とくに、中央にいるどこか儚げな印象の女性に視線が向いた。

彼女は撫子《なでしこ》の十二単をまとっている。撫子とは、撫子の花と同じように、紫の混じった薄い赤色のことだ。

千景はぽつりと呟いた。

「たしかに、美しい女性ですね」

そう素直に感想を告げると、頼寿の瞳が輝いた。

「やや、ついに朴念仁《ぼくねんじん》の千景も、美しい女性のことがわかるようになったのか⁉」

「いや、私はこの絵が美しいと言っているのですよ」

詳しいことは知らない千景でも、有名な絵師が描いたのだろうとわかる絵だった。

頼寿は陽気な様子で千景の肩を叩いた。

「とにかく、昼間のうちは何事も起こらないのだろう？　酒でも酌み交しながら、この絵を堪能しようじゃないか」

「いえ、そういうわけには……」

千景はそれを断ろうとしたが、広幡はふたりに向かって笑みを作る。

「いえいえ、おもてなしの準備はできております。どうぞゆるりとおくつろぎください」

そういうわけで、部屋はすっかり宴会の空気になってしまった。

広幡に振る舞われた酒と料理は豪華だった。

こんもりと盛られた白米に、蒸した蛸《たこ》、茄子《なす》と瓜《うり》の香物、雉肉《きじにく》など山海の珍味が揃っている。

ふたりとも空腹だったので、ありがたくいただくことにする。

広幡は絵と同じ部屋にいることすら嫌がって、立ち去ってしまった。相当この絵を恐れているようだ。

食事を終え、酒を呑みながら千景が問いかけた。

「しかしそんなにこの絵が恐ろしいのなら、いっそ燃やしてしまったらいいのではないですか？」

どうやらその提案は、以前頼寿もしたことがあるらしい。

「私もそう思って、一度屏風を処分したらいいんじゃないかと言ったことがあるんだ。

だが、広幡は青ざめた顔で首を横に振った。

「つまり、試したことがあるということですか」

「ああ、そうらしい。不思議なことに、火を灯《とも》しても屏風は燃えなかったようだぞ」

「それはまた、奇っ怪な」

「しかも燃やそうとしたことが逆鱗《げきりん》に触れたのか、絵に火を灯す度に、女房たちが次々に奇病にかかり、寝込んでしまったそうな」

それを聞いた千景は顔をしかめた。

「そうだったのですか。だとすると、相当強い感情がこもっているようですね」

頼寿は笑いながら、広幡の声真似をして言った。

「やつは『いつこの絵から化け物が現れるかと考えると、恐ろしくて夜も眠れません。くわばらくわばら』と言っていたぞ」

たしかに、毎日夜になると外に得体のしれない者の気配がするのでは、気が休まらないだろう。

「だから千景があやかしを祓ってくれると聞いて、本当に喜んでいたよ」

それから、薄ら笑いで続ける。

「あと、『ここまで呼んでおいてなんだが、あやかしを祓うためにこんな場所までわざわざ来てくれるなんて、あなたたちも相当な変わり者だ』と言っていた」

それを聞いた千景は、たしかにまったくその通りだと頷いた。


退屈した千景は、邸の他の場所も歩いてみることにした。

入れる場所は限られていたが、見回った限りではとくにおかしなことはない。

(ただ……やはり邸全体に暗い怨念のようなものが、滲《にじ》んでいる気がする)

廊を歩いていた千景は、途中で広幡と出くわした。

「広幡殿」

「これはこれは、陰陽師殿。どうですか？　何かわかりましたか？」

「いえ、まだ何とも言えません」

「そうですか」

ここに来て千景と頼寿がしたことと言えば、ご馳走を食べて酒を呑んだだけだ。

頼寿の調子に引きずられた自分を自戒する。

(友人の家に遊びに来たのではないのだから、しっかりと調べないとな)

「しかしまさか本当に、頭中将様と陰陽師殿が来てくださるとは……」

そう言った広幡の声音がほんの少し、困ったような色を浮かべていたのに千景は目を瞬く。

広幡は千景ににじり寄って小声で言った。

「その、陰陽師殿」

「はい？」

「今回のことは、どうかどうか、ご内密にお願いします」

「はぁ。もちろん、必要なく口外したりはしませんが」

そう答えると、広幡はほっとしたように息をついた。

「ええ、ええ、そうでしょうとも！　そうだ、料理と酒は足りていますか？」

「はい、充分すぎるほどいただいています」

「また、なくなる頃に女房に運ばせますので」

そう言って頭を下げ、広幡はいそいそと去って行った。

様子がおかしな広幡の後ろ姿を見送りながら、千景は眉をひそめた。

広幡が去ってから、千景は元いた部屋に戻る。

頼寿は帰ってきた千景を見てひらひらと手を振った。

「どうだ、何か気になる物はあったか？」

「いえ、とくにありませんでしたが……」

千景が神妙な顔をしているのを見て、頼寿が首を傾げる。

「どうした？　まるで狐に化かされたような顔をしているな」

千景はぽつりと呟いた。

「いえ。広幡殿と会ったのですが、今回のことは、どうか内密にと言われまして。何だか、後ろめたそうな雰囲気をまとっているなぁと」

頼寿もその空気を感じ取っていたらしい。自分で酒を注ぎながら言った。

「やはり千景もそう思ったか？　何やら、きな臭い匂いがするな」

自分の邸に恐ろしい物の怪が出るなどという話は、貴族にとって醜聞であろう。

たしかに喜んで触れ回るようなことではない。

だが本当に困っているのなら、広幡のような貴族であればもっと早くに腕のいい陰陽師を呼べただろう。

「どんな事情があるのでしょうね。まあ、問題の女とやらが動き出せばわかるかもしれません」

その言葉を聞き、頼寿は面白そうに微笑んだ。

「さて、鬼が出るか蛇が出るか。見物だな」

千景と頼寿は絵の中の女人が出てくるのを待っていたが、なかなか動き出す気配はない。

そうこうしているうちに、とうとう丑三《うしみ》つ時《どき》になってしまった。

女房を通じて時折ふたりの様子をうかがっていた広幡も、女房たちも、この時間になるとすっかり眠ってしまったらしい。

邸は静まりかえり、おそらく今起きているのはのんきに酒を呑んでいる頼寿と千景だけだろう。

頼寿はすっかり酔っ払ってしまい、顔をほんのり桜色に染めて自作の鼻歌を歌っていた。

千景は頼寿の手から酒を取り上げた。

「頼寿様、ちょっと呑みすぎですよ！」

頼寿はにこにこと笑いながら言った。

「いやぁ、これは本当にいい酒だなぁ。この酒が呑めただけで、ここに来たかいがあったというものだ」

どうやら座っていることもままならないらしく、むにゃむにゃ言いながら千景に寄りかかってくる。

「あなた、完全にここに来た目的を忘れていますね」

まぁ千景は仕事だが、頼寿は仕事をしに来たわけでもない。

むしろ彼は魑魅魍魎に狙われやすいし、酔いつぶれておとなしく眠っていてくれるならその方がよいかもしれない。

「そんなに眠いのなら、きちんとした場所で横になった方がいいですよ。ほら、広幡殿が用意してくれたのですから」

泊まりがけになるかもしれないと予《あらかじ》め話しておいたので、広幡はふたりの寝床も用意してくれていた。

しかし頼寿は安らかな寝息を立てながら千景に寄りかかり、すっかり眠ってしまった。

千景は仕方ないなと思いながら、静かに頼寿の顔を眺めていた。

室内の小さな燭台《しょくだい》の炎の明かりが、ゆらゆらと揺れている。

(今宵は何事も起こらないのだろうか)

頼寿が寄りかかっている部分から体温が伝わり、千景もだんだん目蓋が重くなってくる。

(……だめだ。私まで眠ってしまってはいけない。起きていないと)

頼寿を畳の上に寝かせ、欠伸《あくび》をする。

起きていなければと考えながら、つい睡魔に襲われていた時のことだった。


しくしく。

しくしくと、どこかから啜《すす》り泣くような声が聞こえる。


（これは、夢か？　いや、どこかから、泣き声が……）

千景はハッとして目覚める。

「そうだ、絵の女は」

薄暗い部屋の中、すぐさま屏風に視線をやる。

そして千景は、予想外のことに目を瞬かせた。

「……いない」

絵に描いてあるべき女がいないように見える。

千景は立ち上がり、燭台を持って絵に近づいて、もう一度女がいないことをたしかめようとした。

その時だった。

「何ということだ。女が消えたな」

耳元で男の声が聞こえ、思わず大声で叫びそうになった。

「――っ！　頼寿様っ！」

さきほどまで眠っていたはずの頼寿がいつの間にか起き上がり、千景の背後にいたのだ。驚かないわけがない。

千景が頼寿を強く睨むと、彼はおかしそうに笑った。

「いやあ、すまない。千景があまりにも真剣な顔をしているから、ついからかいたくなってな」

「よくない癖ですよ、本当に！　まったく、あなたという人は、いつもいつもそうやって私のことをからかって――」

説教が長々と続きそうな気配を感じたのか、頼寿は千景の顔を手で押さえ、無理矢理絵の方を向かせた。

「それより、大事なのはあの絵のことだ」

そう言われ、まだ説教が足りないと考えながらも、こほんと咳払いする。

ふたりは女の絵の前に立って、じっと眺める。

蝋燭《ろうそく》の火が、屏風絵をぼんやりと照らし出した。

まるで最初から何もなかったように、女の絵の部分だけがぽっかりと空白になっているのだ。

千景は顔をしかめて呟いた。

「本当に、絵から抜け出したというのでしょうか」

そして妻戸の外からは、今もしくしくと女の啜り泣く声が聞こえる。

「どう思いますか、頼寿様」

「まぁこの邸の女房か誰かが泣いているのでなければ、おそらくは……」

ふたりは顔を見合わせ、それから足音を忍ばせて、声のする方へと向かった。

御簾からそっと顔を覗かせると、高欄にもたれかかり、こちらに背を向けて立っている女の姿が目に入った。

その女は、絵に描かれていたのと同じように、撫子色の十二単を身につけている。

千景は小声で呟いた。

「絵と似ている衣ですね。屛風絵に描かれていた女人も、撫子の十二単を着ていました」

「やはり、あれが絵から抜けだした女か？」

しばらく黙って女を見ていたが、頼寿はそわそわした様子で千景に問いかける。

「あれは鬼か？」

「いえ……少なくとも、化け物ではないようですね。あれは、おそらく人間の魂です」

「幽霊か」

「はい。悲しみは伝わってきますが、少なくとも私たちに危害を加えるような感じはしませんね」

そもそもあの女が危害を加える気なら、千景たちがここに来る前に行動を起こしているはずだ。

（いや、女房たちは体調を崩したのだったか。それはあの女のせいなのだろうか……）

千景の言葉を聞いた頼寿は、ふむと頷いた。

「ならば、あの女子には触れてもよいか？」

「はっ!?　触れる、ですか？」

千景は顔をしかめて考える。

「まあ、幽霊ですから……。どうぞご自由に」

いきなり襲いかかってくる感じはないが、もしそうなった時は対処できるようにしておこう、と千景が身構える。

頼寿はゆっくりと女の方へ歩み寄った。

女は頼寿に気づいたが、しくしくと泣くのをやめない。

頼寿は自然な流れでそっと彼女の肩を抱き、優しい声音で問いかけた。

「どうしたのですか、美しい方。あなたに涙は似合いません。もしよろしければ、私に事情を話してみませんか？」

千景はその行動に、素直に感心した。

下心からの行動だとしても、明らかに人間ではない、正体の知れぬ女人に問いかけるなど、なかなかできることではない。

もともと彼は魑魅魍魎に狙われやすく、実際春過ぎにも妖狐に食われそうになったというのに。

頼寿が近くで顔を見ると、女はあどけない面をしていた。

華奢でどこか少女のような雰囲気が残っていて、思わず守りたくなるような儚さがある。

「あなたことを、何と呼べばよいですか？」

「……それでは撫子《なでしこ》とお呼びください」

女の方も頼寿の問いかけに答える気になったらしい。

はらはらと涙を流しながら、静かな声で言った。

「……私は、広幡殿と通じていたのです」

撫子は啜り泣きながら、彼女の身の上を語り出した。

撫子は当時彼女が勤めていた大納言《だいなごん》の邸を広幡が訪れたことがきっかけで、広幡と出会ったらしい。

撫子に一目惚れした広幡は彼女を熱心に口説き、彼女の元へと足繁く通った。撫子は彼に妻子があると知らずに、恋に落ちたようだ。

もっとも平安時代は一夫多妻制だったので、妻が複数いることは別におかしいことではなかった。

とはいえ、愛した男性に自分だけを大切にしてほしいと思う感情を消せるわけではない。他の妻に嫉妬する、苦しんでいるという話はこの時代、枚挙《まいきょ》に暇《いとま》がない。

その上広幡は、数度彼女に会った後は興味をなくし、あろうことか彼女を避けたと言う。

彼を問い詰めた撫子は、広幡に妻子がいるという言葉を引き出した。

彼女は「それならば、あなたとのことを大納言様に打ち明けます」と話したようだ。

広幡は自分の出世が危ぶまれることを気にし、大納言に彼女の悪い噂をあることないこと吹き込んだらしい。

その結果、撫子は広幡の言葉を信じた大納言から邸を追い出されてしまった。

悲しんだ彼女は、そのまま川に身を投げ命を絶ったという。

それゆえ、彼女の身体は水に濡れているのだろう。

最後まで話を聞いた頼寿は、憤った様子で叫んだ。

「なんということだ！　これほど美しい女性を弄《もてあそ》んだだけでなく、自分の立場を使って追いつめ、死に追いやるとは！」

撫子は涙を流しながら、細い声で言った。

「もちろん、悪いのは広幡殿だけではございません。妻子があることに気づくことができなかった、私も愚かだったのです」

「そうだとしても、あなたの居場所まで奪うように仕向けるなど、卑怯極まりない！」

彼女は両手に顔を埋め、さめざめと涙を流した。

「このまま消えてしまいたいと思ったのですが、広幡殿に裏切られたことが悲しくて悲しくて、成仏できずに、気がつくとここを彷徨《さまよ》っているのです」

事情を聞き、千景も彼女の境遇に同情した。身勝手な広幡の行動に憤りながら言う。

「なるほど。そういう事情だったから、広幡殿は自身と親しい陰陽師に知られるのは外聞《がいぶん》が悪いと思い、なるべく秘密裏に処理したがったのですね」

女の霊のことを気味悪がってはいるが、かといって事情を妻や大納言に知られるわけにもいかない。

話を聞いて面白がった頼寿が千景を連れてきてくれると聞いて、広幡は内心ほっとしていただろう。

千景は不思議に思いながら問いかけた。

「しかし、どうしてあの絵の中にいたのですか?」

「広幡殿はよく、別荘に美しい女人の屏風絵があると仰っていました。それが私にそっくりだ、私に会えない時は、その絵を私だと思って愛でていると。初めてあの絵を見た時、私はいたく感動しました。しかし彼に裏切られた今、どうにかして彼に近づけないかと考えていたところ、不思議なことに、私はあの屏風絵の中に吸い込まれました。そして夜になると、絵から抜け出すことができるようになったのです」

撫子は啜り泣きながら言葉を続けた。

「私もいつまでもこの場所にいてはいけないと、わかっているのです。けれど、どうしても彼が恨めしくて、ここを離れられずにいます。広幡殿への憎しみに囚《とら》われ、日に日に私の心が私のものでなくなっていくような気がするのです」

千景は両手で印を結び、呪言を唱える。

撫子は怯えたように後ずさろうとしたが、やがて不思議そうに自分の身体を見る。

「……なんだか、全身が軽くなりました。もう死んでいるのに、おかしなことかもしれませんが」

千景は彼女に向かって言う。

「おかしくなどありませんよ。さきほどまであなたの周囲には、これまで広幡殿に騙された女たちの怨念が集まっていました。生き霊《いりょう》のようなものです」

「生き霊、ですか？」

「はい。あなたの心が憎しみに染まりそうになっていたのは、彼女たちの影響もあるのでしょう。今、その生き霊たちを祓いました」

千景は薄く微笑んで言った。

「これであなたは自分自身の心を取り戻せるでしょう」

頼寿は撫子に寄り添い、恋人のような甘い声で囁いた。

「今までさぞ辛かったでしょう。しかしどうかこれ以上、その美しい顔を悲しみに染めないでください。あなたにはきっと、涙よりも笑顔が似合います」

などと歯の浮くようなことを言って、自分の袍が汚れることも厭《いと》わず、水に濡れた彼女を両腕で包み込んだ。

その様子に千景は少しむっとする。

しかし、撫子はふたりの言葉にいたく感動したようだ。

撫子は目を閉じて呟いた。

「ありがとうございます。広幡殿は、最期に私のことをひどくなじりました。私など、生きている価値がないと。目の前から消えてしまえと。愛した人に言われたその言葉は、深く心に突き刺さりました」

千景は気の毒に思いながら呟く。

「傷ついて当然です」

「ですがあなたたちのおかげで、悲しみと憎しみでいっぱいになっていた心が、解けました」

頼寿は甘い笑みを浮かべて言う。

「ほんの少しでも、あなたの癒やしになれたのなら光栄です」

それから頼寿は、千景の方を向いて問いかけた。

「千景。彼女のことだが」

頼寿の言いたいことは、言葉にせずともわかった。

彼女を無理矢理祓わないで欲しいということだろう。

「心配しなくても大丈夫です。撫子殿、あなたはもう自由です。あなたの魂が、安らかに眠れますように」

千景が呪言を唱えると、撫子は光に包まれ、感謝の言葉を述べながら消えてしまった。

撫子がいなくなった後、ふたりは先ほどいた間へと戻った。

絵の中から、今も女は消えたままだ。

もう女の姿が戻ることは、おそらくないだろう。

頼寿は真剣な顔で千景に問いかけた。

「千景。これで彼女は、もう苦しまずにすむのだな？」

「はい。彼女の魂は、きっと穏やかに眠れるでしょう」

「そうか、ならよい」

ほっとしたように微笑んだ頼寿は、はてと首を傾げる。

「しかし絵を燃やそうとした女房が、次々と病に倒れたのはどういうことだろう？」

「彼女には自覚がなかったのでしょうが、やはり悪霊になりかけていたのでしょうね。強い憎しみや怨《うら》みは、人を鬼に変えますから」

「なるほどな。撫子殿のような儚い女性も、心の在り方しだいで鬼になってしまうのか」

頼寿は憤った響きで続けた。

「千景、もしよければ協力してくれないか？　このまま広幡を野放しにしておくのでは、私の気がすまん」

千景はその言葉にしっかりと頷いた。

「もちろんです。私も、何かしらの制裁を与えたいと思っていたところです」

「どうするつもりだ、千景？」

「まぁ、見ていてください」


翌日の朝。

ふたりの穏やかな様子に、禊祓がうまくいったと思ったのだろう。

広幡は明るい調子で千景に問いかける。

「陰陽師殿。どうです、あの女は消えたのですか？」

千景はにこりと微笑んで、屏風絵を手で示した。

「それなのですが、広幡殿。ぜひあなたに見ていただきたいものがございまして」

「うむ、何だ？」

千景がそう言って、広幡が御簾をくぐった瞬間。

撫子色の着物姿の女が、広幡の前に現れた。

「ひっ！」

彼女の十二単からはやはり水が滴り、黒く長い髪からもぽたりぽたりと水滴が滴っている。

女は憎悪を漲《みなぎ》らせた鬼のような顔で広幡につかみかかり、恨み言をはく。

「憎い、憎い、憎い。私を捨てたあなたが憎い……！」

広幡は悲鳴をあげ、後ずさろうとする。

「ど、どうしてお前がここに……！」

「あなたがあの屏風絵の女子が私にそっくりと言ったから、私は嬉しかったのです。それなのに、あなたは私を裏切った。悔しくて悔しくて、私はいつしか屏風絵の中に魂が吸い込まれていました。そして夜になると、絵から出られるようになったのです」

「ゆ、許してくれ、お前を騙すつもりはなかったんだ！」

それを聞いた撫子は、カッと目を見開いた。

「嘘です！　苦しかった、悲しかった。私は川で溺れて死んだのです。ああ、憎い、憎い……」

そうして彼女は鬼気迫る表情で微笑み、広幡の頬に青白い手を当てる。

「あなたもどうか、一緒に向こうに行ってください。そうすれば、私の悲しみもいくらか晴れます」

広幡の顔は、涙にまみれ、恐怖ですっかりしわくちゃになっていた。

「わ、私が悪かった！　どうか、どうか命だけは助けてくれ！」

「認めるのですか？　私を騙したことを？」

「ああ、全部私のせいだ！　すべて告白する。妻にも、大納言様にも、きちんと打ち明ける！」

それを聞いた撫子は、広幡をつかんでいた手を離す。

「……約束ですよ。もしその約束を破った時は、今度こそあなたの命を奪いに来ます」

「わかった！　わかったから、もう消えてくれ！」

広幡がそう叫ぶと、撫子はすうっと溶けるように消えていった。

やがて顔を上げた広幡は、憤慨した様子で千景を問い詰めた。

「陰陽師殿、これはいったいどういうことだ!?　まったく解決しておらぬではないか！」

千景は笑みを作り、淡々とした声でたずねる。

「それより広幡殿。あなたも私たちに隠していたことがありますね？　先ほどの女人の言うことは、真実なのでしょうか？」

そう問いかけられた広幡は言いにくそうに、ごにょごにょと歯切れが悪くなる。

「それは……誤解なのだ」

「誤解ですか？」

「ああ、私もまさか、撫子が命を絶つほど追いつめられているとは思わなかったのだ！」

千景は静かに言った。

「本当にそうでしょうか？　彼女は言っていましたよ。『お前など、生きている価値がない。目の前から消えてしまえ』と言われたと。愛する男性にそんなことを言われ、主にも疑われ居場所を追われた彼女が平気でいられると、そう思っていたのですか？」

広幡は唇を噛む。

「まぁいいでしょう。あなたの思惑はどうあれ、彼女が命を失ったのは事実。あのような事情では、私も広幡殿を守りきることは難しいです」

「そんな……！」

「彼女の言った通り、ご自身のしたことを妻と大納言様に、きちんと打ち明けてください」

「いや、しかし、それでは私の立場が……！　撫子のことを大納言様に知られては、出世の道が断たれてしまうのだ！」

頼寿は広幡を冷ややかに見下ろしながら言った。

「広幡殿、ご自身の立場と、命と、どちらが大切ですか？　なんなら私から大納言様に進言してもよいのですよ」

千景も頷きながら続ける。

「あなたが不誠実な態度を取れば、彼女はまたひとたびあなたの元を訪れて、今度こそあなたを奈落《ならく》へと道連れにするやもしれません」

「そ、そんな、どうにかならないのか!?」

千景は冷たい声で答える。

「彼女の想いはそれほど強い。真実を打ち明けて生き長らえるか、それとも命を失ってでもご自身の地位を守るのか、お選びください、広幡殿。私としては、どちらでもかまいません」

「ぐぬぬぬ……」

結局観念した広幡は、その後事情をすべて妻と大納言に打ち明けたという。

後に聞いた話だが、よほど撫子の霊が恐ろしかったのか、彼は気鬱の病でしばらくの間寝込んだらしい。

それから広幡がどうなったのか。

千景は興味を失ったので、知る必要もないだろうと思う。


広幡の別荘からの帰り道、ふたりは大路を歩きながら今日の出来事を語り合った。

「しかし広幡殿と対峙《たいじ》した時、あれは迫真だったな。まるで本当に、撫子殿があの場に蘇ったのかと思ったが……。あれは、撫子殿自身ではなかったのだろう？」

「はい。私が使った形代《かたしろ》です」

形代とは、陰陽師が呪術に使うもので、剣や船、動物など様々な形がある。

人の形を模したものは人形《ひとがた》と呼ばれる。

誰かを呪うために用いたり、穢《けが》れを肩代わりさせるなど、祈祷に使われたりもする。

今回は撫子に似た人形をつくり、そこに千景が式神の魂を憑依《ひょうい》させ、撫子のふりをさせたのだ。

「彼女の姿をあんな風に使うのは少し申し訳ないのですが、本物の撫子殿を広幡殿に会わせると、心が憎しみに囚われ、本当に鬼になってしまうかもしれませんでしたからね。

人形を用いた方がよいと判断したのです」

強い憎しみや悲しみは、人を鬼に変える。

これ以上彼女を苦しめる必要はない。彼女の魂はもう、安らかな場所にあるはずなのだから。

頼寿は千景の背中を叩きながら言った。

「お前のおかげで撫子殿は成仏できたのだ。それに広幡が反省していることに喜びはすれ、お前を怨んだりなどしないさ。きっと彼女は千景に感謝しているよ」

千景は薄く微笑んで言葉を返す。

「それを言うなら、私も今回は頼寿様がいらしてよかったと思いました」

「む、珍しいことを言うな。いつも私を邪魔者扱いするくせに」

千景は口を尖らせて言った。

「それはあなたがいつも、余計なことにばかり首を突っ込むからです」

「しかし今回はまた、どうしてだ?」

千景は最後の撫子の表情を思い返しながら呟いた。

「頼寿様の優しさに触れ、憎しみと悲しみで溢れていた彼女の心が解けたのです。彼女は安らかな顔をしていました。私ひとりだったら、彼女を説得するのは難しかったでしょう。それどころか、事情を聞き出すことすら不可能だったかもしれません」

千景は霊や魑魅魍魎と接するのに慣れてはいるが、女性の扱いは今ひとつである。

頼寿が彼女の心を癒やしたからこそ、禊祓がうまくいったのだ。

千景は頼寿の情け深いところに感心していた。

「頼寿様はたとえ相手が人間でなくとも、誠実に対話できる。だからこそ、相手の心を開くことができるのでしょう。それは、誰にでもできることではありません」

(まぁ、女人限定ではありますが)

そう考えたが、心の中だけで呟いておく。

その言葉を聞いた頼寿は、高らかに笑った。

「ハッハハッ、これからももし女性の霊が悲しんでいたら、いつでも私を呼ぶといい。どのような女性であろうと、私が優しく癒やしてあげよう」

(まったくこの人は、すぐ調子に乗るんだから)

その言葉に少しむっとした千景は、棘《とげ》のある声音で言った。

「とはいえ、普段様々な女性と浮き名を流しているあなたのことです。いつ広幡殿と同じような目に遭うやもしれませんよ？　そちらも注意したほうがよろしいかと」

頼寿はぴくりと眉を寄せ、千景の顔を覗き込む。

「何だ、千景。まさか千景は私をあんなろくでなしと同類だと思っているのか？」

頼寿の瞳があまりに真剣な色を帯びていたので、思わずたじろぎそうになる。

「はて、違うのですか？」

千景の手を取り、頼寿は雅やかに笑う。

「当然だ。私は伴侶を選んだなら、その人ただひとりを、私の命が尽きるまで愛し抜くと誓うよ」

果たして本当だろうかと疑ってしまう。

「……そうですか。ならば頼寿様に選ばれた方は、さぞ幸せでしょうね」

それを聞いた頼寿は、笑いながら返事をする。

「ああ、そうだとも」

五章　肝試しの夜

日毎に風の冷たさが身に染み、冬の気配を感じるようになった霜月《しもつき》の夕暮れ時のことだ。

頼寿は妙に機嫌が良さそうな様子で、公達《きんだち》と連れだって楽しげに宮中を歩いていた。

それを見かけた千景は、頼寿に向かって頭を下げる。

千景がいることに気がついた頼寿は、仲間から離れて足早に歩み寄ってきた。

「何やら楽しげな様子ですね、頼寿様。これから出かけるのですか？」

頼寿は上機嫌で答える。

「ああ。私はこれから肝試しに行くことになったのだ」

そう告げられた千景は、盛大に顔をしかめた。

「肝試しって……。いったいどちらに向かうというんですか？」

「都の外れの、寂れた邸だ。もともとある貴族が住んでいたらしいが、今は誰も住んでいないらしい。そこで何やら……」

頼寿の言いそうなことがわかった千景はその声を遮り、先回りして言った。

「おおかた美しい女人の幽霊でも現れるという噂を聞きつけたのでしょう」

それを聞いた頼寿は、おかしそうに取り出した檜扇を扇いだ。

「やや、鋭いな千景。その通りだ！」

千景は深い溜め息をついた。

「まったくあなたという人は……。頭中将様ともあろう方が、いい歳をして肝試しですか。どうしてわざわざ面倒事に首を突っ込むのですか？」

そうでなくとも、頼寿は魑魅魍魎に好かれやすい。自分から悪霊の餌食《えじき》になりにいくこともない。鴨が葱を背負って鍋に飛び込むとはこのことだ。

「しかしなぁ、千景。一度美しい女人の噂を聞いてしまっては、この目でしかとたしかめないと落ち着かないのが私の性分だ」

「まぁ、何かをやると言い出したあなたを止められるとは、私も最初から思っていませんがね。一応打ち明けてくれただけ、進歩でしょうか」

「そうだろう？　もっと褒めてよいぞ」

などと調子に乗る。

「それにそんなに私のことが心配なら、千景も一緒に行ったらいいじゃないか」

千景はそれをあっさり断った。

「残念ですが、私はまだやるべきことが残っておりますので」

「おや、それは残念だ。宿直《とのい》か？」

「いえ、そうではないのですが。これからある方の吉凶を占わなければならないのです」

「そうだったか」

そもそも、千景は幼い頃から貴族という生き物が苦手だ。

幼なじみである頼寿とは兄弟のように育ち、気のおけない仲だが、彼以外の貴族たちには興味がないし、親しくもない。

頼寿が仲間と楽しんでいるところに人付き合いが億劫な自分が交ざれば、水を差すことはわかり切っているので同行するつもりはなかった。

とはいえ頼寿を野放しにすると面倒事になりそうな気配を感じたので、彼にお供を付き添わせることにした。

千景は懐から掌に載る大きさの小さな笛を取り出し、音を鳴らした。

笛の音は細く小さな音で廊に響いた。

最初は何の反応もなかったが千景が何度か笛を鳴らすと、白い煙に包まれ、先ほどまではいなかったはずの久遠が現れた。

久遠は師匠の清澄が従えていた、狐のあやかしだ。

今は千景の邸で一緒に暮らしている。

清澄との契約で、久遠は笛で千景に呼ばれるとどんなに遠く離れていても馳せ参じなければならない。

清澄や千景、頼寿など力のある者以外の人間に久遠の姿は見えないので、久遠と話す時は用心しなくてはいけない。

千景が笛を鳴らすのを眺めていた頼寿は、懐かしそうに檜扇を扇いだ。

「ああ、そういえばそれは久遠を呼ぶための笛だったな」

「そうなのです」

「だがあの笛は、たしか蛇のあやかしに踏みつぶされて割れたのではなかったか？」

「ええ、その後お師匠様に新しい笛を作ってもらったのですよ」

高欄に腰掛けた久遠は迷惑そうに顔をしかめ、両手で狐耳を塞いでぶつぶつ文句を言う。

「その音、本当にうるさくて耳障りじゃのぅ。迷惑極まりない！」

突然呼び出されたものだから、機嫌が良くなさそうだ。

「まったくお前の師匠とは、面倒な契約を交わしてしまったものだ」

本来は何百歳も年を重ねているあやかしらしいが、白い狐にしか見えない。

動物が好きな頼寿は瞳を輝かせ、久遠のふさふさした耳や尻尾をなで回した。

「おお、久方ぶりだな久遠。相変わらず、毛並みがふわりとして愛らしいな」

「ええいやめよ、やめよ！　この間、お主が菊の精か何かを拾った時に会ったじゃろうが！」

「そうだったか？　しかし、久遠に会えるのはいつでも嬉しいのだ。ほら、もっと私の方へおいで」

「わしのことをその辺りにいる犬や猫のように扱うでない！　尻尾を撫でられると力が抜けるのじゃ！」

久遠は頼寿の手を振り払い、怒気を含んだ声で言った。

「なんじゃなんじゃ、突然呼び出しおって！　わしはのんびり昼寝をしておったところじゃぞ！」

千景は申し訳なさそうに謝りながら、久遠に頼み込む。

「久遠様、実は頼寿様が肝試しに行くらしいのです。しかし彼を野放しにしては、どうせまた魑魅魍魎に襲われるに決まっています」

「まぁ、それはそうじゃ。そいつはいつも、うまそうな匂いがしておるからのぅ」

どうやらあやかしからすると、頼寿はいい匂いがする存在らしい。

「どうかお力添えをお願いいたします」

それを聞いた久遠は溜め息をつき、面倒そうな面持ちで首を横に振る。

「い・や・じゃ。わしはくつろいでおったのじゃ。どうして人間のおもりなどしてやらねばならぬのだ。千景、お前が守ってやればいいだろう」

「そうできない事情がありまして。他の人間に姿が見えない久遠様の方が、都合がよいのです」

「知らぬ、そんなこと。わしは寝床に帰るぞ」

「まあそう仰らず。もちろんただでとは言いません。お礼に特別な物を用意しましたから」

「特別な物？」

久遠の耳がぴくりと立つ。

「はい。もし頼寿様を守っていただければ、久遠様に干し柿を差し上げますから」

久遠はふさふさと尻尾を揺さぶった。

「む、干し柿じゃと!?」

「そうです。この間、お師匠様が作った物を貰ってきたのです。久遠様がお好きなのを思い出して、取っておきました。少々お待ちください。取って参ります」

そう言って、千景は一度陰陽寮へ向かった。

それから保存していた干し柿を三つ持って戻って来る。

干し柿は久遠の好物だ。甘い物に目がない久遠は、昔干し柿を食べてから好物になった。

清澄の邸から千景の邸へ移り住んだこともあり、久遠はすっかり自由に過ごしている。自ら野山で柿を取って食べたりしているようだ。

だが生の柿以上に、干し柿の甘さに感動しているという。

一度自分で干し柿を作ろうとしたが、つるしてある柿を見て我慢できず、つい食べてしまったらしい。しかもそれが渋柿だったのでひどい目にあったらしく、それ以降人間の作った干し柿しか食べなくなったようだ。

久遠は千景の持っている干し柿を盗もうと、手を伸ばす。

しかし背丈が小さいので、千景が手をひょいと上にかかげると届かない。

久遠はしばらく器用に高欄の上を飛び跳ねて、なんとか柿を取ろうともがいていた。

やがて干し柿と千景の顔を見つめ、ぐぬぬと唸る。

「まったく、仕方ないのぅ。わかった、特別にお主の頼みを聞いてやるわ！」

「さすが久遠様。どうぞよろしくお願いします」

千景は手を下ろし、干し柿を久遠に渡す。

久遠は奪うように干し柿を受け取ると、瞳を輝かせて口に放り込んだ。もぐもぐと、幸せそうに柿を嚙み締める。

「うむ、相変わらず干し柿はうまいのぅ！　このぎゅっと甘みが詰まった実がたまらぬわ」

干し柿を絶賛しながら、結局三個とも一気に完食してしまった。

その様子を見ていた頼寿は、愉快そうに声をたてて笑った。

「ハッハッハッ、久遠は干し柿でつられるのか。千景より素直でかわいらしいではないか」

（せっかく頼みを聞いてくれそうなのに、余計なことを言って久遠様が機嫌を損ねたらどうするのか）

そう思った千景は、頼寿を睨む。

「あなたはいつも一言余計なんですよ」

久遠も頼寿に向かって、怒った顔つきで言う。

「そうじゃ、次にかわいいと言ったらその腕を噛み千切るぞ！」

相変わらずかわいいと言われるのは嫌いらしい。

干し柿を食べ終わった久遠は、舌で口元を拭いながら言う。

「まあ柿を貰ったし、仕方ないから柿の分くらいは働いてやろう」

頼寿はぽんぽんと久遠の背中を叩く。

「よろしく頼むぞ久遠！　私を守ってくれ！」

そんな話をしていると、ちょうど頼寿に仲間の公達から声がかかった。

「頭中将様、そろそろ向かいませんか？」

頼寿を呼んだのは、右兵衛佐直貞《うひょうえのすけなおさだ》だった。頼寿より三つ年下の青年で、明るい性格だ。頼寿とは気が合うらしく、よく話している姿を目にする。

頼寿は彼の方へ手を振って返事をした。

「おお、今参る！　では千景、またな」

「はい、お気を付けて」

頼寿は久遠に向かって手招きした。

「では行くぞ、久遠」

「お主は前から偉そうなのじゃ！　もっとわしに敬意を示さぬか！」

やいやいと言い合いながら歩いていくふたりの後ろ姿を見守りながら、千景は久遠を呼ぶ前よりも不安が募った気がした。

「本当に大丈夫ですかね、あの人たちは……」

＊　＊　＊

肝試しを行う邸へ向かう道中。

公達はわいわいと騒ぎながら、楽しげに大路を歩いている。公達は宮中で酒を呑んでいたので、すでに酔っ払って機嫌がよさそうだ。

彼らから少し離れ、一番後ろを頼寿と久遠が着いて行く。

他の人々とは距離があるので、小声なら久遠と話していても怪しまれないだろう。

久遠は頼寿の少し前を歩きながら呟いた。

「しかしお主も、相変わらず回りくどいことをしておるのぅ」

「回りくどいとは？」

「今回の肝試しも、美しい女子の幽霊が出るから参加するというのは建前じゃろ」

それを聞いた頼寿は軽く笑った。

「おや、建前とはどういう意味かな」

「なぁにをとぼけておるんじゃ。お主は美しい幽霊や女子になど、それほど興味がないくせに」

頼寿がくっくっと声をたてて笑う。

「そんなことはないよ？　私は昔から、美しい女人を好いているからね」

「嘘をつけ。お主から、女子の匂いなどしたことはとんとない。お主、昔から女子に言い寄られることは多いから扱いに慣れているが、それだけじゃろう」

「またまた冗談を。光源氏の再来と宮中で有名な私に向かってそんなことを言うのは、久遠くらいだよ」

「人間にはわからずとも、わしは狐のあやかしじゃから、匂いには敏感なんじゃ。人間が相対する人間に向ける感情は、見ていればそこはかとなく伝わって来る。お主が興味があるのは、魑魅魍魎だけ――いや、魑魅魍魎に狙われることで、千景の興味を引きたいだけじゃろ。だったらわざわざ回りくどいことをせず、千景本人にかまってほしいと言えばいいじゃろうに」

一度言葉を切り、久遠は続けた。

「お主のそれは、とても親しい友人に向けるような感情には思えんのぅ」

そう言った久遠は、背中に感じる気配が妙に殺気立っているのに気づき、足を止めて頼寿の姿を見上げた。

「ふふ、久遠は本当に何でもお見通しだね」

頼寿は月を背負い、檜扇で口元を隠していた。

彼の声音は笑っているように聞こえる。

しかしその瞳は、研ぎ澄まされた刃《やいば》のように鋭い光を帯びていた。頼寿の目は、欠片《かけら》も笑っていない。

頼寿の表情を見た久遠は、内心ぞくりとした。

（こやつ、たまにそこらの陰陽師などよりも、ずっとおぞましい顔をするのぅ）

久遠はしばらく頼寿を睨んだ後、ぷいと顔を逸らす。

「伊達《だて》に何百年も生きてないからのぅ」

「人間には、色々ややこしい事情があってね。己の心だけで動けないことも多々あるのさ」

「ふうん、そういうものか。人間とは煩わしいものじゃのぅ」

「そうなんだよ。とくに、私は尊い家の生まれだからね」

「それを自分で言ってしまうのが、いかにもお主らしいのぅ」

「たしかにね。そういうわけだから、千景には言わないでくれるかい？」

「ああ。心配せずとも、わしは別にお主たちを引っかき回すつもりなどない。報酬さえ貰えれば、どうでもいいわい」

「そうか、安心したよ」

（やはりこやつは食えない男じゃ）

そう考えながら、久遠は頼寿に背を向けた。

＊　＊　＊

頼寿たちが肝試しに発ってから、一刻ほど経った頃であろうか。
宮中での占いを終えた千景は、自分の邸宅へと帰った。
(何事もなければ、頼寿様とは明日内裏で会えるでしょう)
千景は照明の火を落とし、門を閉ざした。
眠る支度をし、寝床で横になる。
だが頼寿のことが心配で、千景はなかなか眠りにつけなかった。
頼寿には、久遠を付けている。
(久遠様が一緒ならば、きっと大丈夫だ)
そう考えながらも、どうにも胸騒ぎがする。

その予感が的中したのか。
千景がうとうととしてきたところで、外から門を激しく叩く音が聞こえた。

「千景、千景っ！」

久遠の焦った声が響き、千景は八重畳の上から飛び起きた。

「久遠様!?」

久遠の声は、門の外から響いていた。

千景は小袖の上に装束を羽織り、急いで門まで駆け寄った。

暗い夜闇の中、篝火《かがりび》の明かりが久遠を照らしている。

久遠はいつものように狐の姿ではなく、人間の少年の姿に化けていた。

千景はどうして久遠が変身しているのか一瞬不審に思ったが、その答えはすぐにわかった。

隣にいる頼寿の装束の胸辺りが、赤黒い血に染まっていたからだ。

久遠は頼寿に肩を貸し、彼を引きずるような姿勢だった。おそらく怪我をした頼寿を支えるため、狐の姿では難しいので人間に化けたのだろう。

その姿を見て、千景は血の気が引いた。

「久遠様！　頼寿様！　これはいったい何事ですか!?」

千景が駆け寄ると、久遠は悔しそうに顔を歪める。

「すまぬ、しくじった」

「怪我をしているのですか⁉」

頼寿に問いかけると、彼は薄い笑みを浮かべた。

「案ずるな、私には大きな怪我はない。久遠が守ってくれたからな」

「大きなということは、少しは怪我をしているのですね⁉」

千景は硬い声で叫ぶ。

「とにかく、邸の中に入ってください！」


ふたりを庇の間に通して、頼寿を畳の上に座らせる。

部屋に入った途端、久遠は白狐の姿に戻った。

人間の姿に変化するのは体力を消耗するらしい。突然呼び出され、頼寿を守るために働いて疲れたのだろう。

久遠のことも気になったが、それより怪我をしている頼寿のことが心配だ。

千景は式神に頼み、桶に水を張らせた。

それから頼寿に詰め寄った。

「さあ、着ているものを脱いでください！　怪我の治療をしなければ！」

「いや、それほど大した怪我では……」

「いいから脱ぎなさい！　早くっ！」

そう言って頼寿が動くよりも早く、彼の装束をひん剝いた。

千景がよほどの剣幕だったからか、頼寿は素直に言うことを聞き、じっと座っていた。

貴族の装束は、何枚も重ねられている。

普段出かける用意をする時も、女房に着替えを手伝ってもらう。ひとりで脱ぎ着するのはなかなかに大変だ。

するりと束帯《そくたい》を脱ぐと、頼寿の身体が露わになる。

千景は頼寿の胸から腹に渡る、一筋の傷に触れた。

「……っ」

触れると痛むのか、頼寿は少し顔をしかめた。

「痛みますか？」

鋭い刃物で斬ったような傷からは、血が流れていた。

だが幸い傷自体はそこまで深くない。千景はそのことに安堵した。

桶の水で傷口を清める。

千景は頼寿の周囲にまとわりつく嫌な気配を感じ、禊ぎを行うことにした。

その間も頼寿にしては珍しく、じっと黙ったままだった。

（少しは反省しているのでしょうか）

禊祓を終え、千景は嘆息してから言った。

「一応あなたに残っていた、悪しき気配を祓っておきました」

それを聞いた頼寿は目を細める。

「ありがとう、助かったよ千景」

それから千景は、頼寿の傷口に塗り薬をすり込み、包帯を巻いた。

「痛い、痛いぞ千景！　それにその薬、何やら妙な匂いがする！　鼻が曲がりそうだ！」

「我慢なさってください、大人なのですから。桑の汁や薬草を煎《せん》じた塗り薬です。傷によく効くはずですよ」

手当てが終わると、千景は彼の装束を着せ直し、頼寿の胸を叩いた。

「一応軽い手当てはしておきました。ただ悪化すると困りますから、後できちんと典薬寮の医師に診せてくださいね」

「わかったよ」

頼寿は切れ長の瞳でじっと千景を眺める。そして千景の頬に手を寄せ、するりと撫でた。

その仕草に驚いて、千景は思わず目を見開く。

まるで大切な人に口づけでもする時のような所作だったからだ。

「な、何ですか？」

「いや、お前が泣きそうな童のような、あまりにも心細い表情をしていたから」

千景は眉を寄せ、頼寿を睨みながら早口で告げる。

「あなたの向こう見ずな行動に、辟易していたのです！　だから言ったでしょう。あなたはもともと悪霊に狙われやすいのです！　そもそも、危険だということが最初からわかっていたのに、どうしてわざわざ肝試しになど行くのですか！　いつもいつもいつもいつも、無事でいられるのは幸運なだけで……！」

「はは、わかったわかった。そうして口うるさくしている方が、お前らしいよ」

その言い分はどうにも納得がいかないが、頼寿に大きな怪我がなく、無事であることにほっとしているのは事実だった。

「お主ら、相変わらず仲睦まじいのぅ。わしはもういなくてもよいか？」

久遠の呆れたような声を聞き、千景はやっと側に控えていた久遠の存在を思い出す。

「そういえば、久遠様もお怪我はありませんか？」

そう問いかけると、久遠はむすっとした表情で答える。

「お主、今までわしのことなぞ完全に忘れておっただろう？」

「そんなまさか。久遠様のことも心配で仕方なかったですよ」

「いけしゃあしゃあと嘘をつきおって」

「とはいえ、そうやって減らず口を叩けるようなら久遠様もご無事ですね」

久遠はこくりと頷いて、ひとつ大きな欠伸をした。

「詳しい事情は頼寿から聞いてくれ。わしはもう疲れた」

久遠は疲れた身体を癒やすため、寝床で猫のようにくるりと丸まった。

千景は頷いて、久遠が気に入っているやわらかい布を持って来た。

「ありがとうございます、久遠様。どうぞゆっくりお休みください」

「うむ、しばらく寝る」

疲れていたからか、久遠はすぐに眠ってしまった。

久遠の寝息が聞こえてから、千景は畳の上に正座しなおし、頼寿に問いかけた。

「とにかく何があったのか、詳しく事情を聞かせてください」

「ああ、わかった。とはいえ、私からしてもあっという間の出来事でな。不明瞭なことも多いのだが」

そう言って、彼は肝試しの時に起こった出来事を話し始めた。

頼寿たちは、都の外れにある、寂れた邸へと乗り込んだという。

そこはある貴族の持ち物だが、長年使っていない上に誰にも手入れされていなかったから、すっかり草が伸び、うらぶれてどうにも不気味な雰囲気だったらしい。

邸に入ってから、しばらくは何事もなかったようだ。

しかし奥の部屋まで進んだところで、急に妙な気配がして、外へ出ることができなくなったらしい。

「誰かが扉を閉ざしたというわけでは、ないのですよね？」

「ああ、私と直貞以外の者は、もう邸の外に出ていた。それに、誰かに蔀戸《しとみど》を閉ざされた感じでもなかった。見えない壁に囲まれたような――明らかに、人ではない何かの仕業だったな」

頼寿も久遠も、邸に漂う不穏な気配を感じていたようだ。

よからぬ物の気配を感じた久遠は、「何かいる」と警告し、毛を逆立てて警戒したという。

そういうことを感じない直貞は、歩《ほ》を進め、部屋の奥へ歩いて行ったそうだ。

頼寿は固い声で言った。

「そして、暗闇の中から鬼が現れた」

「鬼、ですか？」

「ああ。しかも、刀を持っていた。その刀は、紫色に輝いていたように見えた。あれは妖刀かもしれない」

「鬼が、妖刀を……」

千景はその姿を想像し、眉を寄せる。

「暗かったので、姿ははっきりと見えなかった。妻戸《つまど》を蹴破って逃げようとしたが、直貞が鬼に斬られ、怪我を負った。そして鬼は直貞を襲った後、私に狙いを定めた」

「頼寿様の傷は、その時に？」

「ああ。私も鬼に、胸を斬られたんだ。刀は軽く掠《かす》っただけだったがな。久遠が炎を放ってくれたことで隙ができ、直貞を連れて、何とか邸から逃げ帰ることができた」

「斬られた後は、どうなったのですか？」

「助けを呼び、直貞は彼の邸宅に運ばれ、手当てを受けているはずだ。明日様子を見に行こうと思う」

「そうですね。ひどい怪我でなければいいのですが……」

千景は必死に鬼の正体を考えながら、言葉を続ける。

「他に、何か気になることはありませんでしたか？」

「気になることといえば……いや」

頼寿は、途中で言葉を濁す。

「どんな些細なことでもいいのです。何が手がかりになるかわかりません。教えてください」

千景が言葉を重ねると、頼寿は少し歯切れの悪い口調で言った。

「あの鬼――最初から、私を狙っていたような気がするのだ」

千景は目を瞬いた。

「最初から、頼寿様のことを？　どうしてそう思うのですか？」

「あの鬼が現れた時、即座に目の前にいた直貞を襲ったが。途中で、何か違うというような表情をした……気がするのだ。それから直貞のことを突き放し、周囲を見回した。そして私を見つけた瞬間、こちらに襲いかかってきた」

「それは、たしかに妙ですね」

「ああ。ただ、その時は焦っていたからな。鬼の顔など見慣れていないし、私の気のせいかもしれないが」

「そういえば、女の霊は現れなかったのですか？」

「女の霊？」

「ええ。最初は美しい女の霊を見るために、肝試しをするという話だったでしょう」

それを聞いた頼寿は、思い出したように呟いた。

「そういえばそうだったな。慌ただしいからすっかり忘れていたが、女の霊らしき姿は見なかった」

「そうですか……」

「今の話で何かわかったか？」

「魑魅魍魎が現れるのは、平安の都ではよくあることですが」

千景は考え込んだ。

平安の都には、様々な怪異が起こる。それ自体はありふれたことだ。

だが、どうにも頼寿に残っていた呪詛《じゅそ》の残り香が気になる。

(頼寿様の話を聞くと、不自然な点が多い。もし頼寿様を狙った呪詛だとしたら、これだけでは終わらない可能性がある。それに、紫に輝く妖刀の話も気になる)

千景はなぜだかひどく嫌な予感がした。

だが、話を聞いただけではまだわからないことだらけだ。

「再度、しっかりと調べてみる必要がありそうです」

その言葉を聞いた頼寿は、真剣な表情で頷いた。


翌日、宮中で陰陽師としての仕事が終わった後、千景は肝試しが行われた邸宅へ向かった。詳しく調査するためだ。

その後ろには、当然のように頼寿もいる。

千景は困惑しながら言った。

「頼寿様が狙われているのだとすれば、一緒に来るのはよくありませんよ。どうか宮中にいてください。他の陰陽師がいる場所ならば、ひとまずは安全ですから」

「しかし、私自身に関わることだ。黙って指をくわえて留守番しているわけにもいくまい」

頼寿はにこりと笑って付け加えた。

「それに他の陰陽師よりも、千景の側にいた方が安全に違いない。お前は私のことを、必ず守ってくれるだろう？　信頼しているのだよ」

頼寿が一度言い出すと聞かないのは、幼い頃から承知のことだ。

千景も溜め息をつき、彼が着いてくるのをしぶしぶ受け入れた。

「……仕方ありませんね。ですが悪しき気配を感じたら、すぐに退散しますからね？」

「ああ、もちろんだ。しっかりと千景の言うことを聞くよ」


ふたりで話しながら歩いているうちに、件《くだん》の邸宅に到着した。

周囲に人気はない。

千景と頼寿は門を開いて中へと足を踏み入れた。

話に聞いた通り、人が住まなくなって時間が経っているせいか、荒れているように見える。

千景は邸に入った瞬間、淀んだ空気を感じて険しい表情を浮かべた。

そして頼寿を振り返る。

「……まだ、悪しき気配が残っています。絶対に私の側を離れないでくださいね」

「ああ」

ふたりは邸の廊をゆっくりと歩いていく。

昼間だというのに、光が射し込まないからか、じめじめとして陰気な雰囲気だ。

(やはり悪しき気配が漂っているな。一際気配が濃いのは、こちらか……)

千景は陰陽師としての直感を働かせ、悪しき気配を感じる方向へと足を進める。

そして、ある一室の前で止まった。

頼寿は千景の様子を見て、少し驚いたように笑う。

「正しくここだよ。昨日、私と直貞が閉じ込められた場所は」

千景は頷いて、御簾をくぐった。

中から、恐ろしい鬼が飛び出してくるか――！　と身構えたが、部屋はしんと静まり返っている。

生き物の気配はしない。

傷んだ畳の匂いが鼻をつくが、それ以外はとくに何の変哲もない。

頼寿は、少し安心したように息をついた。

「今日は何もいないようだな」

しかし千景は息を詰めたまま、畳の上を歩いて行く。

そしてある場所で足を止め、膝をついた。

「……この下だと思います」

そう言って、部屋の畳をおもむろに剝がす。

すると畳の下に、きらりと光るものが見えた。

千景は手を伸ばして、床下に落ちていた物を拾い上げる。

「これは……」

畳の下から現れたのは、藁人形だった。

おまけに人形の心臓の部分には、しっかり五寸釘が刺さっている。

頼寿は気味が悪そうに肩をすくめる。

「呪術に詳しくない私でも、さすがに丑三つ時に藁人形を打ち付ける呪いは聞いたことがある」

「その通り、これは呪物です」

「なるほど、鬼もこの呪物のせいか？　まさか肝試しをした邸に、偶然こんなものがあるなんてな」

藁人形の内部に、白い紙が埋まっているのが見えた。

千景はそれを引き抜き、静かに呟いた。

「……偶然ではないかもしれませんね」

頼寿は目を瞬く。

「どういうことだ？」

「これを見てください」

人形から出てきた紙には、ハッキリと頼寿の名が記されていた。

「これは……私か」

「そう、ですね。頼寿様の名です」

千景と頼寿は、思わず互いに顔を見合わせてしまう。

「つまり、この呪いは最初から私を狙ったものだということか？」

千景は言葉を濁そうとしたが、ここまで確固たる証拠が出て来てしまった以上、どうしようもない。

「はい……。言いにくいのですが、そうとしか考えられません」

千景は最初からこうなることも、ある程度予測していた。

頼寿たちは肝試しに誘われたが、女の霊の姿など見なかったという。

今こうして調べていても、女の霊の気配は感じられない。

そして肝試しに訪れた邸に都合よく鬼が現れた。

もしかすると肝試しの話は、最初から頼寿をおびき寄せるために考えられた作り話だったのではないか。

もしそうだとしたら、気持ちのいい事柄ではない。

わざわざ本人に知らせなくてもよいのではないかと考えたが、どうせ調査をすることを知れば、頼寿は止めても着いてくると言って聞かないだろう。

それに誰かが意図的に頼寿に害を加えようとしているのであれば、そのことを知らない方が却《かえ》って危険だ。

呪物があることが千景たちに知られてしまった以上、直接的な手段に出ないとも限らない。

(おそらくこの呪物を仕掛けたのは、陰陽寮の陰陽師ではないだろうな。陰陽師の仕業にしては、術として甘いところがある)

内裏に仕える陰陽師だけでなく、民間にも陰陽師——外法師《げほうし》は数多くいる。

外法師たちには、呪術を学んでいる者も多い。

ただ、その腕の善し悪しは千差万別だ。清澄のように一流の腕を持つ者もいれば、何の力もない素人が真似事をしているだけの場合もある。

今回の藁人形は、複雑な呪いではない。誰でも作れるような代物だ。

だがこの呪物のせいで鬼が呼び寄せられたのだとしたら、呪い自体は紛《まが》い物ではない。

千景は頼寿の表情をうかがった。

(頼寿様は、落ち込んでいないだろうか)

自分が誰かに呪われたと知って、気分のよい者などいないだろう。

しかし頼寿の反応は、千景の考えていたものとは違っていた。

頼寿は怜悧《れいり》な眼差しで藁人形を睨みつける。

「誰の仕業かわからぬが、私が憎いなら直接私を攻撃すればよいものを。回りくどい手を使い、直貞まで危険に晒《さら》すとは。男の風上にもおけんやつだ！」

千景が「その通りです」と同意しそうになってから、はて、この人はどうして犯人が男だと確信を持っているのだろうと首を傾げた。

「頼寿様、まだ男が犯人と決まったわけではないでしょう？　それとも誰か、怨まれるような心当たりがあるのですか？」

すると頼寿は首を横に振る。

「いや、誰がこの呪物を仕掛けたかは見当もつかんがな。だが私は常に、女人には優しく振る舞っている。私を憎んでいる女人など、この平安京にいるはずもない」

などと自信満々に言い切る。

その様子に呆れを通り越して、いっそ感心してしまいそうになる。

「相変わらずおめでたい考えをしていますね、あなたは……」

愛《いと》しさが余って憎しみに変わるということもあるのに。

実際、婚儀をしたものの男性の気が別の女に移り、憎しみから夫を呪った女性の話は枚挙に暇がない。

この間屏風絵についていた撫子の霊だって、最初は広幡を愛していたが、裏切られた恨みから悪霊になりかけていたではないか。

相手の女人に対して、どんなに頼寿が優しく接したつもりでも、向こうが逆恨みをすることだって、ないとは言い切れないだろうに。

(大物なのか、のんきなんだか……)

「頼寿様」

千景は彼の正面に立ち、真剣な声音で言った。

「何だ?」

「とにかく、すぐに陰陽寮に戻って禊祓を行いましょう」

「ああ」

「そしてこの呪いをかけた人物が誰かわかるまではしばらく、頼寿様の側でつきっきりであなたをお守りします」

その言葉を聞いた頼寿は、嬉しそうににこりと唇を上げた。

予想外の反応に、千景は顔をしかめる。

「どうして嬉しそうなんですか。あなた、誰かに命を狙われているんですよ!?」

「いや、それはそうだが。何だか昔を思い出して、楽しくなってきたな。久々に蹴鞠でもするか？」

「冗談を言っているのではありませんよ！　私は本当に、あなたのことを心配しているのです！」

「ああ、もちろんだ。だが、千景が守ってくれるのだろう？　それなら何も案ずることはない」

千景は深い溜め息をついて、目を閉じた。

「まったく、あなたという人は……」

とはいえ、昔のことを思い出したのは千景も同じだった。

文机を並べ、千景は陰陽師としての修行を、頼寿は貴族としての勉学に励む――ふりをして蹴鞠で遊んでいた頃を、つい懐かしんでしまう。

「とにかく、調べるべきことはわかりました。あまり長くここにいるのもよくありません。帰りましょう」

ふたりは足早に邸宅を発つ。

薄暗い邸から出て、大路を歩きながら陽の光を浴びていると、幾分気持ちも上向きになる。

頼寿は空を見上げながら呟いた。

「幼い頃と言えば、ふたりで葵祭に行ったことがあったな」

「そうですね。初めての葵祭だったので、いたく感動したのを覚えています」

そんなことを話しながら、ふたりは内裏に戻ることにした。

＊＊＊

「傷が塞がらない……」

頼寿が異変に気づいたのは、鬼に斬られた翌日のことだった。

事件の起こった夜に見た限りでは、頼寿を斬った刀傷はほんのわずかな掠り傷だったはずだ。

頼寿自身も千景の大げさな行いを笑っていたし、すぐに治ると考えていた。

しかしその傷が癒えることはなかった。むしろ、翌日には倍ほどに広がっていた。

頼寿は、すぐに文で直貞の具合を問うた。

すると彼の従者から返事が来る。直貞の傷も同じように、全身を覆い尽くすほどに広がっていると言う。

傷の相談を受けた千景は、すぐにふたりに禊祓を行った。

しかし思いつく限りのどのような禊ぎを行っても、ふたりの傷が消える様子はない。

千景が深刻な顔で黙り込んでいるのを見て、頼寿はあえて明るく微笑んだ。

「どうした、千景。思ったように禊ぎができなかったか？」

「はい……残念ながら……」

千景は、この傷を消し去るにはおそらく呪いの根本を消し去らなければならないだろうと考えていた。

「とにかく、頼寿様はご自分の身体を第一に考えてください。どうか、しばらくはゆっくり休んで」

そう告げたが、その翌日に頼寿が出仕しているのを見て、千景は驚いて彼に問い質した。

「しばらく休んでいてくださいと話したでしょう」

頼寿は明らかに顔色が悪かった。陰陽師でなくとも、彼が無理をしているとわかる。

「しかし、呪術の犯人を探しているのだろう？　ならば、私に呪いは効いてないと思わせた方がいいのではないか？」

頼寿は気持ちを奮い立たせていたが、立っているのも辛そうだ。

ふらりと倒れそうになった頼寿を、千景が咄嗟に受け止める。

「頼寿様！」

千景は頼寿を支えて、宿直用の寝室へと移動した。

「傷を見せてください」

そう言って頼寿の装束を暴いた千景は、言葉を失った。

「――っ！」

「おいおい千景、そんなに急いで脱がされると困るな。せめて仕事が終わってからにしてくれ」

頼寿は冗談めかして軽口を叩いた。

だがその傷口を見ただけで、一刻の猶予もないことをまざまざと感じさせられた。

ほんの小さな掠り傷だったはずのそれは、今や頼寿の胸や腹を覆い尽くす程に広がっている。このまま放っておけば、いずれ頼寿の全身に広がり、命をも奪うだろう。

頼寿は座っているのも辛くなったのか、畳の上に横たわる。そして千景に向かって手を伸ばし、真剣な声で問うた。

「……千景。私は死ぬのか？」

その声には、恐れは含まれていなかった。

励ますための誤魔化しなど必要ない、ただ真実を教えて欲しいという気持ちなのだろう。

「だとしたら、邸に帰らないといけないな。神聖な宮中で、私が死して穢れを残すわけにはいかない」

「頼寿様っ……！」

千景の言葉を遮り、頼寿は真剣な表情で続けた。

「お願いだ。私への呪いは解けずともよい。どうにかして、直貞だけは助けてくれ。彼は、私への呪いに巻き込まれただけだ」

千景は唇をかみ締める。

(頼寿様は、自分の命も危ういのに。こんな時であっても、いつも他人のことばかりだ)

千景は強く頼寿の手を握り、ハッキリと言い切った。

「心配ありません。どちらも助けてみせます。あなたは死んだりしません。どんな手段を使おうとも、私が必ず守り抜いてみせます」

千景の言葉を聞いた頼寿は、安心したように薄く微笑んだ。

「そうか。千景がそう言ってくれるなら、間違いないな」

それから頼寿は意識を手放し、眠りに落ちた。

頼寿は無理を押して出仕したが、人の口に戸は立てられない。

頼寿が呪術によって病に倒れたという話は、すぐに宮中に広がってしまった。

そして妖刀による呪いは、千景にも予想のつかなかった影響を及ぼした。

頼寿を宿直の間で眠らせた後、陰陽寮で必死に手がかりを探し続けていた千景は、帝の従者に呼び出された。

彼に告げられた命を聞き、驚いて立ちつくす。

「主上《しゅじょう》が私を、ですか？」

どうやら今回の騒動を耳にし、事情を詳しく知るために、帝が千景に会いたがっているらしい。

この平安京において、いや、この国で暮らしている者で、帝の命を断れる人間などいない。

帝は頼寿の従兄弟であり、血縁関係に当たる。

（頼寿様を危険に晒した責任を取り、私は罰せられるのかもしれない）

そうなっても仕方のないことだとは考えていた。

千景は帝の従者に着いて簀子縁を歩きながら、決意を固めた。

(だがどんな罰を受けようとも、頼寿様の命だけは助けたい。私の命が絶たれようと、せめて頼寿様を助ける時間だけはいただけるように、希《こいねが》うしかないな)


そうして千景は、清涼殿に呼び出された。

周囲には、警護のための武官が数人立っていた。

清涼殿は帝が日常を過ごす御殿だ。

人払いがされているとはいえ、通常は陰陽師が訪れていいような場所ではない。

千景は案内された間を進みながら、生きた心地がしなかった。

昼御座《ひのおまし》と呼ばれる厚い畳に悠然と腰を下ろしているその人こそ、帝であった。

しかし千景は膝を折って顔を伏せたままなので、帝の姿を見ることはできない。

「すまないな、突然呼び出してしまって」

決して威圧感がある話し方をしているわけではないのに、風格に満ちた声に、ひれ伏したまま動くことができない。

帝は軽く笑い声をたてた。

「そうかしこまるな。面を上げよ」

「はい」

そう言われ、千景はようやく帝の顔を見ることができた。

帝は脇息《きょうそく》にゆるりと体重を預け、面白がるような瞳で千景を見つめていた。

年齢はたしか千景たちと同じ、二十代前半だったはずだ。

白い面に、切れ長の瞳。通った鼻筋に薄い唇、千景をからかうような軽い声音。

物腰は優雅だが、その瞳の奥からは貫くような怜悧さが感じられる。

（……やはり、少し頼寿様に似ていらっしゃる）

千景は固唾《かたず》をのんだまま帝の言葉を待った。

「お前のことは、昔からよく頭中将――頼寿から話を聞いている。平安の都でも、随一の実力を持つ陰陽師なのだろう？」

「いえ……身に余るお言葉です」

そう口にしてから、千景は再び深く頭を下げた。

「主上。私の不手際で頭中将様を危険に晒してしまい、申し訳ございません。お詫びの言葉もございません」

帝は淡々とした声音で答える。

「謝らなくてよい。あやつが勝手なことばかりするのは、私もよく知っている。今回、魑魅魍魎に襲われたのも、どうせ頼寿が自ら行動してのことだろう？」

千景は、頼寿が肝試しに向かったこと、そして彼が邸で不気味な鬼に出会い、妖刀で斬られ、その傷口が塞がらず、苦しんでいることをかいつまんで話した。

「なるほど。頼寿の加減はどうだ？」

こうしてわざわざ千景を呼び出すということは、帝はやはり頼寿のことを気に掛けているのだろう。

「……あまり思わしくありません」

「呪詛をかけられたと聞いたが？」

「はい。妖刀を用いた呪詛です。犯人を見つけさえすれば、頭中将様も回復すると存じておりますが」

（もしその犯人が見つからない場合、頼寿様は……）

千景は最悪の事態を思い浮かべ、眉をひそめた。

静かに耳を傾けていた帝は、小さく頷いた。

「そうか。だが犯人が現れぬなら、おびき出せばよい」

その言葉に、千景は何度か目を瞬く。

帝は華やかな笑みを浮かべて続けた。

「頼寿のことを、よろしく頼むぞ」

千景はその言葉に、また深々と頭を下げた。

清涼殿を辞した千景は、誰もいなくなってから階で細い息をはき、その場にしゃがみ込んだ。

(お叱りは受けなかった。それどころか、主上に励ましていただいた。身に余る光栄だ。

……しかし、本当に風格のある方だった。目の前にいるだけで、寿命が数年縮んだ気がしたな)

だが帝と言葉を交わしたことで、光明が見えた気がした。

千景は自分の為すべきことを考え、真っ直ぐ前を見据えた。

(主上の仰る通りだ。犯人がわからないのなら、向こうから行動を起こしてもらうしかない)

＊　＊　＊

「鬼が現れたのです！　私は退治に行かなければならないので、頼寿様をお願いいたします！」

宮中で、陰陽師たちが騒いでいる声を耳にした。

何やら都に鬼が出たと騒ぎながら退治に出るのを、じっと息を殺して眺めていた者があった。

頼寿がいるという宿直の間には、通常見張りの者が立っているはずだが、どうしたことか誰の姿もない。

男は、絶好の機会だと思った。

今を逃せば、このような機はもう訪れないかもしれない。

男は足音を忍ばせ、部屋に入る。

やはり、他の者の姿はなかった。

——いつも頼寿に付き従っている、あの邪魔な陰陽師も。

頼寿は畳の上に横たわり、寝息を立てている。

男は緊張した面持ちで頼寿を見つめた。

彼の手には、あの紫に輝く妖刀が握られていた。

鬼の正体こそ、この男であった。

神聖な宮中での死や怪我は、禁忌《きんき》であり大罪である。

だが今さらそのようなことを気にしていられる余裕はなかった。

男は頼寿の胸に向かって、刀を振り下ろす。

すると頼寿の身体は、何の手応えもなく真っぷたつに割れてしまった。

その様子を見た男は、驚きに目を見開いた。

「これはいったい、どういうことだ……」

人間の身体が、こんな風に何の抵抗もなく、いとも簡単に割れるわけがない。

よくよく観察すると、頼寿の横たわっていた場所に残っていたのは、白い人形《ひとがた》だった。

それを拾い上げた男は呟いた。

「これは、紙……？　しまった、陰陽師の仕業か！」


気配もなく男の背後に現れた千景は、静かに呟いた。

「あなたが仕組んだことだったのですね」

「陰陽師殿！　これはいったい……」

「私が側にいては、頼寿様に近づけないので邪魔だったでしょう」

男は歯を食いしばり、千景を睨んだ。

「謀《はか》ったのか！」

「はい。外法師を使い呪術を仕組んだ人間は、事が公になり焦っていたはずです。隙を作れば、頼寿様を完全に亡き者にするため、行動を起こすのではないかと予想していました」

男は千景を睨みつける。

「どうして私だとわかった」

「正直なところ、犯人の目星はついていませんでした。顔を見て、やっとあなたの正体を知ったくらいです。ただ、頼寿様が肝試しの噂を耳にしたのですから、宮中に出入りする者だと予想はしていました。後は、犯人が罠にかかってくれればよかったのです」

千景は冷たい視線で相手を睨みつけながら問いかける。

「あなたこそ、どうしてこんなことをしたのですか？」

しばらく黙っていたが、男は絞り出すような声で呟いた。

「……妹が、あの男にたぶらかされたからだ」

それを聞いた千景は、ようやく彼の面が「出雲《いずも》の君」という女房に似ていることに気づく。

「あなたは、出雲の君の兄上ですか」

男は憎しみを灯した表情で呻《うめ》いた。

「そうだ。妹は頭中将を愛していた。しかしあの男は、まったく妹に興味を示さなかった。口では甘い言葉を囁きながら、やつは最初から関心など持っていなかった！　その態度に、どれほど妹が傷ついたことか。あんな男に恋焦がれ、妹は病に倒れた」

「なるほど。そういうことですか」

宮中で高い地位を持っている女性は、皇后である中宮や高位の女官である女御だ。后たちに仕える女房の地位は高くなく、何の肩書きも生活の保証もない。当然、頭中将である頼寿とも身分の差があり、出雲の君も自らの恋心が叶わぬものだとはわかっていただろう。

「頼寿様が彼女とどんな会話をしたのかは知りませんが、殿上人である頼寿様に優しく声をかけられれば、若い女人が舞い上がってしまうのも無理はないでしょう。大切な妹君を奪われるかもしれない嫉妬と、その妹君を傷つけられた怨みで、頼寿様の命まで奪おうとしたのですか」

男が声を荒らげる。

「貴様に何がわかる！」

「たしかに、私にはあなたのことなどわかりません。……いえ、もうよいのです」

千景は冷めた表情で男を見据えた。

「説明も謝罪も、一切必要ありません」

男はその時初めて、千景の周囲に黒い靄《もや》のようなものが漂っているのに気がついた。

その靄は、千景から彼の方向へと移動し、男の身体を包み込んでいく。

異様な空気に、怖気《おぞけ》がたつ。

男は目の前に立つ陰陽師の表情が、呪術で自ら姿を変えた、鬼よりもよほど恐ろしいものに見えた。

「あなたが何と返事をしようと、私は最初からあなたを許すつもりなどないのですから」

「いったい何を……！」

千景が手にしていたのは、男が呪術に用いた藁人形だった。

「それはっ！」

火の気《け》もないのに、千景が持つ藁人形は青い炎に包まれて燃えてゆく。

千景は温度のない声で、小さく呟いた。

「――さよなら」

男は悲鳴をあげる。

それから、部屋を逃げ出した。

叫びながら、どこまでもどこまでも走った。

やがて息が続かなくなり、振り返る。

ひたりひたりと、何かが追ってくる気配がしたからだ。

陰陽師が追いかけてくる気配はない。

だが男にまとわりついた黒い靄は、いつまでたっても消えることはなかった。

＊＊＊

その後、千景は頼寿たちに一連の出来事を報告した。

話はすぐに広まり、男は検非違使に捕らえられ、今は牢に入れられている。

男はずっと、「鬼が見える。寝ても覚めても、ずっと私を追いかけてくる」という妄《もう》言《げん》をはいているらしい。

実家に戻っているという出雲の君にも、事情を聞いているそうだ。

頼寿は自らの邸に戻り、療養している。

千景が訪れると、横になっていた頼寿は身体を起こした。

「まだ病み上がりでしょう。横になったままで大丈夫ですよ」

「いや、詳しく教えてくれ。いったい何があったのか。あの男は、どうして私に呪術をかけたのだ？」

千景は事件の起こった経緯を説明した。

「検非違使の取り調べの話を耳にしましたが、あなたが彼の妹君と親しいことを嫉んだと聞きました。妹君の気持ちを踏みにじられたと、一方的に勘違いしたようです」

「そうか。彼女の気持ちには、うっすらと気がついていた。出雲の君を傷つけぬよう、やんわりと断ったつもりだったのだが。私の振る舞いが、より彼らを傷つけてしまったのかもしれないな」

「……頼寿様は何も悪くありません。どうか気に病まないでください」

事情を聞いた頼寿は、静かに頷く。

「そんなところで怨みを買っているとは、露ほども思わなかった」

「頼寿様と右兵衛佐様にかけられた呪詛は、消し去りました。その点については、ご安心ください」

するとと頼寿は、ようやく笑みを浮かべた。

「ああ、ありがとう。たしかに千景がここに来る前から、具合が良くなったんだ」

「すぐに回復しますよ」

「その男が手を組んだ陰陽師は、陰陽寮の陰陽師ではないのだということらしいな？」

「はい。頼寿様と私が旧知の仲だということは、宮中でも知れ渡っていますからね。陰陽寮の陰陽師に頼み、私に呪詛を知られ、計画が破綻することを恐れたのでしょう」

それ故、外法師——民間の陰陽師に秘密裏に呪術を依頼したのだ。

平安時代、人を呪うことは罪となる。

もし呪いを知られれば、投獄、場合によっては死罪になる。

「あまり刑を重くしないよう、口添えしてはみるが。一度、本人と話せる機会があればいいのだが」

その言葉を聞き、千景は黙り込んだ。

「……」

「千景？」

頼寿に呼ばれ、千景は内心ぎくりとする。

「いえ、そうですね。彼と和解することができればいいですね」

笑顔でそう答えたが、千景はそれがもう二度と叶わぬ言葉だと知っていた。

頼寿に対して千景は、『呪詛を消し去った』と説明した。

頼寿に話したことは、半分は真実だ。

だが、半分は偽りだった。

たしかに、頼寿への呪詛はなくなった。

——しかし呪詛そのものが消え去ったわけではなく、呪詛を返したのだ。

呪詛は失敗して跳ね返ると、元の呪いの数倍の強さを抱く。

ただでさえ、鬼と妖刀を用いた邪悪な呪術。命を奪うための呪い。

その凶悪な呪詛の反動が起これば、出雲の君の兄と外法師がただではすまないだろうということは、千景にもわかっていた。

(仕方のないことだ)

このまま彼らを放置すれば、彼らはまた同じことをするだろう。

自分の命がかかっているし、帝に呪いを知られ投獄された今、もう彼らに失う物はない。

だとすればせめて悲願として、頼寿を亡き者にすることだけは成し遂げようとするのではないか。

結果、頼寿に害が与えられないようにするためには、呪詛を返す他なかった。

彼らが無事でいられるとは思わない。

よくて大怪我、もしもっと悪ければ………。

千景は彼らの身に降りかかることを想像し、目を伏せた。

そのことがわかっているにもかかわらず、千景は彼らに呪詛返しをすることに一切の躊躇はなかった。

(頼寿様に害を為す人間に対して、これほどまでに冷酷でいられるとは)

自分で自分のことを、ほんの少し恐ろしいと思った。


その後、投獄されたはずの男と外法師が、煙のように姿を消したとの噂を耳にした。

頼寿の邸に見舞いに訪れた千景がそう告げると、頼寿は不思議がっていた。

「真偽は定かではありませんがね」

「どこに消えたのだろうな。私が直々に決闘して、あやつの性根を正してやろうと思ったのに」

頼寿は冗談めかしてそう言った。

それを聞いた千景は、曖昧な笑みを浮かべた。

(頼寿様は、彼の安否を気づかっているのではないか)

だが頼寿を案ずる言葉をかけても、きっとはぐらかされてしまうだろう。

そう考え、千景は男のことには触れなかった。

「あなたに刀は似合いません。笛の方が似合いますよ。それより、右兵衛佐様の具合はいかがですか？」

「ああ、それなら心配ない。直貞はすっかり回復したと、使いから文を貰った」

千景は、心の底からほっとした。

「そうですか。何よりです」

「すべてお前のおかげだ、千景。やはり千景は頼りになるな」

「私は大したことはしておりませんよ。むしろ、最初から私が肝試しに着いていくべきでした」

「それを言い出したら、最初から肝試しになど私が行かなければよかったのだ。軽率な行動だったと、反省しているよ」

千景はその言葉に眉を寄せて厳しく言った。

「そうです！　頼寿様は、もう少しご自身の立場を自覚した行動を取ってください！」

「やや、墓穴を掘ってしまったか」

からからと笑った後、頼寿は思い出したように続けた。

「そうだ、頼りになるといえば、私の怪我もすっかり治ったんだ」

そう言って、嬉しそうに寝衣《しんい》をほどき、肌を見せる。

「ほら、あれほどひどい傷だったのに、もう跡形もなく消えているだろう？」

千景は頼寿の胸から腹を、そっと撫でる。たしかに、彼の胸や腹を覆い尽くす程だったひどい傷は、まるで最初からなかったかのように綺麗になくなっていた。

千景は安堵の息をつきながら呟いた。

「ああ、妖刀で斬りつけられた傷ですね。本当によかったです」

事件が起こった夜のことを思い出したらしく、頼寿はおかしそうに笑う。

「あの時の千景の剣幕と言ったら、下手なあやかしなどより、よほど恐ろしかったよ」

鬼に襲われ、久遠が頼寿を担いで千景の邸を訪れた時の話だ。

千景は彼の身体を気づかい、強く装束を脱げと言いつけたことを思い出す。

頼寿に眩しい笑顔を向けられ、千景は呪詛返ししたことの後ろめたさで、ほんの少しばかり胸が痛んだ。

「ずいぶんな言いようですね、それは」

＊　＊　＊

頼寿が内裏に復帰してから、十日ほどが経った。

つい先日まで寝込んでいたのが嘘のように、すっかり元気になったようだ。

千景は頼寿が宮中で公達と朗らかに笑っている姿を見て、安堵した。

今日も仕事が終わった夕暮れ時に、頼寿はふらりと千景の邸を訪れ、縁側でのんびり酒を呑んでいる。

頼寿は夜が更けてもいつまでも帰る様子はなく、気がつくと空には月が浮かんでいた。

「千景、もう一杯ついでくれ」

そう言って杯を差し出す頼寿に対し、千景は水の入った器を出した。

「病み上がりなのですから。あまり呑みすぎはよくありませんよ」

「そう言うな。すっかり具合も良い。快気祝いの酒だ。ほら、千景も呑むといい」

「昨日もたしか、右兵衛佐様とお酒を呑んでいましたよね？」

「おや、知っていたのか」

「知っていますとも。おふたりとも元気になられたようで、何よりです」

頼寿は機嫌が良さそうに檜扇を扇ぎながら言った。

「それより千景、何か欲しい物はないか？」

「何ですか、藪から棒に」

「千景にはいつも世話になってばかりだからな。今回はとくにだ。千景がいなければ、私は命を落としていただろう。たまには、何か礼をしないとと思ってな」

「あなたにそんな殊勝《しゅしょう》な心があったとは、ついぞ知りませんでした」

そう答えると、頼寿はおかしそうに微笑む。

「相変わらず、口の減らないやつだなぁ。昔から、私に対してそんな風に話すのは千景だけだよ」

「口うるさいやつだと思っているんでしょう」

「いやいや。千景は私にとって特別な存在だよ。他に千景の変わりはいない」

そう言った頼寿の表情は、情愛に満ちていた。まるで大事な人にでも向けるような、優しい眼差しだった。

気恥ずかしくなった千景は、ついと視線を逸らす。

「お礼ですか。でしたら、笛を聞かせてください。あなたの笛の音は、平安一と誉《ほま》れ高いですからね。私もその点に関してだけは、頼寿様を認めております」

「その点に関してだけ、な。少し引っかかる言い方だが、よいだろう」

頼寿は笛を取り出し、庭へと降り立つ。

月を背負って笛を奏でる彼の姿は、相変わらず雅やかだ。

彼に見惚れる女性が後を絶たないのも無理はないなと思いながら、千景は笛の音に耳を傾けた。

（この笛の音を、彼の隣でいつまでも聞いていたい）

頼寿の笛を聞き、自分のしたことは間違いではなかったのだと思う。

（他に何を失ったとしても、頼寿様を失うわけにはいかない。今後また同じようなことが起きても、きっと私は同じことをするだろう。誰を犠牲にしたとしても、頼寿様が守れれば、それでいいのだ。頼寿様を守るためならば、私はこれからも鬼にでも、蛇にでもなろう）

そう考えながら、千景は静かに目蓋を閉じた。

あとがき

こんにちは、御守いちると申します。

この度は本作を手に取っていただき、誠にありがとうございます。

マイナビ出版ファン文庫様では初めての作品、そして初めての平安時代ものです。

嬉しさとともに、緊張で数秒おきに小刻みに震えています。


今回は平安時代の陰陽師が題材ということで、日本で昔から語られていたらしき怪談をベースに、エピソードを組み立てていきました。

当時は怪談を娯楽として面白がるというよりは、実際に起こった事件としてとらえていたようです。たしかにまだ電灯のない夜が真っ暗な時代に、「鬼が出た」なんて話を聞くのは恐ろしかっただろうなぁと思います。

また頼寿は色男の設定ですので久しぶりに源氏物語を読んでみましたが、「光源氏先輩ってすごいな！」と改めて感心しました。

そんな感じで難しい作品ではありましたが、頼寿と千景のやり取りはとても楽しく書けました。読者様にも平安貴族たちの華やかな雰囲気と、怪異の仄暗い空気が少しでも伝われば幸いです。

最後になりましたが、謝辞を。

企画の段階からサポートしてくださった、担当の山田様。丁寧なご対応にいつも感謝しております。

美麗で雅やかなカバーイラストを描いてくださった加糖様。暇があればイラストを見てにこにこしております。本当に素晴らしいイラストをありがとうございました。

そしてこの作品の制作に関わってくださった皆様、読者様に心より御礼を申し上げます。

また機会がありましたら、どこかでお目にかかれますように。

二〇二二年六月　御守いちる

この物語はフィクションです。
実在の人物、団体等とは一切関係がありません。
本書は書き下ろしです。

御守いちる先生へのファンレターの宛先

〒101-0003　東京都千代田区一ツ橋2-6-3　一ツ橋ビル2F
マイナビ出版　ファン文庫編集部
「御守いちる先生」係

Fan ファン文庫

平安陰陽怪異譚

2022年6月20日　初版第1刷発行

著　者　御守いちる
発行者　滝口直樹
編　集　山田香織（株式会社マイナビ出版）
発行所　株式会社マイナビ出版
〒101-0003　東京都千代田区一ツ橋2丁目6番3号　一ツ橋ビル2F
TEL 0480-38-6872（注文専用ダイヤル）
TEL 03-3556-2731（販売部）
TEL 03-3556-2735（編集部）
URL https://book.mynavi.jp/

イラスト　加糖
装　幀　諸角千尋＋ベイブリッジ・スタジオ
フォーマット　ベイブリッジ・スタジオ
ＤＴＰ　富宗治
校　正　株式会社鷗来堂
印刷・製本　中央精版印刷株式会社

 ISBN978-4-8399-7883-9
Printed in Japan

ファン文庫

神様の用心棒
うさぎは桜と夢を見る

著者／霜月りつ
イラスト／アオジマイコ

誘拐されたリズを助けることができるのか!?
大人気和風ファンタジー待望の続編！

時は明治――戦で命を落とした兎月は修行のため宇佐伎神社の用心棒として蘇り、日々参拝客の願いを叶えている。悪夢の原因を探るべく兎月たちはパーシバル邸へ向かうことに。

Fan
ファン文庫

女王の番犬

女王エリザベス二世に仕える元罪人
ブラッドフォードが暗躍する戦乱ファンタジー

戦乱が続いていた中央・東端・西部の三国はついに停戦条約を結ぶことになった。しかし会談の日が迫ったある日、オリヴィア王国の君主の証である『エリザベスの鏡』が何者かに盗まれる。

著者／青木杏樹
イラスト／藤ヶ咲

Fan
ファン文庫

緑の箱庭レストラン

初恋の蕾と再会のペペロンチーノ

著者／編乃肌
イラスト／ジワタネホ

恋愛に奥手なみどりは初恋の人と一緒に働くことに!?
植物オタク女子とお料理男子のおいしい恋の物語

住宅街から少し外れたところにある『箱庭レストラン』。そこは、『完全紹介制＆予約制』かつ『料理は基本シェフのおまかせ』と一風変わったレストランだった。